El Rastro
de *tu Sueño*
en *Alaska*

Y otras historias cortas
Con algo de Ficción
Y mucho de realidad
Que supera con creces
A la primera

Y Cinco Poemas Nuevos y no tan nuevos

Pablo A Cruz

Contenido

I.

*Veinte
Historias
Cortas*

1.

Un Tango en Chicago

Me desperté cuando los rayos del sol traspasaban las cortinas verticales de plástico y con su tibieza característica matutina, calentaban, apenas perceptiblemente mis brazos y mi cara. No sé por qué, pero sentí ganas de que me hubiesen inyectado el líquido azul transparente que habían inyectado en el brazo derecho de mi amigo. Me limpié los rabillos de los ojos y luego de un bostezo extendido volteé y miré el cadáver a un lado de los juguetes del niño. No sé por qué a medianoche llegué a pensar que lo que había vivido no era cierto y que formaba parte de una pesada broma de mi amigo. Luego, a medida que pasaban las horas y el cansancio me golpeaba más fuerte que puñetazos de Alí en su época más brillante, como en aquella épica batalla contra Spinks en aquél glorioso 15 de septiembre de 1978. Lo había ido comprendiendo todo desde el inicio. Había entendido hasta cierto punto, claro está, por que no es fácil caer en la cuenta de que alguien hasta un punto desconocido, entre en la vida de uno, se vuelva un cercano y comparta sus recetas de *pancakes* y muffins de *cranberries* y chocolate que tanto le gustan a mi esposa y al niño, para cometer una estupidez de ese tamaño precisamente en la esquina del apartamento en donde el Quico tiene su estación. El Quico. Lo escuché diciendo, en voz apenas perceptible, sus primeras palabras del día al otro lado de la división de Gypsum y el corazón se me hizo pequeño. Tenía que hacer algo y sacar el cadáver antes que ellos abrieran la puerta del cuarto y se encontraran con la escena. Me puse de pie y caminé lo más silencioso que pude y miré la masa inerme al lado de la caja de la aspiradora llena de libros infantiles, peluches y elefantes educativos que era la esquina de trabajo del niño. Cubierto con una gruesa colcha invernal, el despojo humano yacía humilde y callado, como el lobo de Gubia en su etapa de mayor mansedumbre. Levanté lentamente la colcha para contemplar los restos y me quedé petrificado ante la imagen que apareció ante mis ojos. Nada de despojos humanos envueltos en vómitos de colores. Nada de ojos abiertos ante la visión de la Muerte. Nada de la lengua negra que apareció como un personaje más en la película de los monjes lectores de la película de Sean Connery. Nada de drama que contar a los amigos y muy posiblemente a la policía. Nada de cuerpo. En vez de eso, un par de almohadones yacían debajo de la colcha. No había nada maloliente o sucio que me recordara al sujeto que irrumpió a la una de la madrugada anoche, mientras mi esposa y ni niño roncaban ruidosamente al otro lado del apartamento.

Traté de comenzar a recordar las piezas de la velada anterior y armarla nuevamente de tal forma que fuese capaz de entenderme a mí mismo y a mis falsas conclusiones. Primero, era capaz de recordar la forma en que unos meses atrás había conocido a un argentino bailarín de tango mientras paseaba con el *stroller* al niño por la Lawrence Avenue. Nos habíamos hecho amigos luego que le elogiara al bebé que él mismo paseaba en un *stroller* lujoso y nuevo, de esos con ruedas grandes y rápidas que usan algunos para correr mientras pasean al bebé y escuchan música de *Pink* o de *Beyonce* a volúmenes inusitados que no les permitan escuchar los incómodos reclamos del pequeño cliente. El niño parecía ser su hijo ya que tenía el mismo aspecto europeo que el tipo. Ambos eran altos, ojos claros y de nariz aguileña. Lo que había llamado mi atención al instante. La diferencia más obvia era que la mirada del tipo era penetrante y curiosa, típica de uno de esos seres inteligentes y observadores que llegan a conocer lo más profundo de las personas con solo verlas por cinco segundos de pies a cabeza. Luego de tratar del fundamental tema de los bebés y de conversar sobre el tiempo que teníamos cada uno de nosotros viviendo en la vecindad, me trató de convencer de que tomara una clase de tango en el 1247 de la Glenwood y nos despedimos. Yo pensando que nunca más lo volvería a ver. Pero la Vida le juega a uno sus juegos curiosos de tanto en tanto y así fue como apenas una semana y algunos días después, me lo volví a encontrar y esta vez platicamos de panes. Recuerdo que el tipo llevaba muy visibles en el *stroller* unos cuatro o cinco muffins que sobresalían por su tamaño y sus colores. Le pregunté que dónde los había comprado y me dijo que él mismo los había hecho. En esa época yo andaba preocupado por mejorar mis recetas de panes, pizzas, galletas y muffins y, curioso, le pregunté cuál era su secreto. Así fue como luego nos convertimos en amigos comunes del horno casero. El "amigo", a como le llamaba más que por su nombre, tenía una increíble habilidad para hacer crecer las harinas y lograba sacar del horno los panes más hermosos. Poseía una fortaleza innata en sus brazos, como si alguna vez había ejercido el oficio de marinero en los barcos de vela de algún viejo capitán Sparrow y por entonces descubrí que el niño que paseaba no era en realidad su hijo biológico, sino el hijo de la gringa a la que le trabajaba haciendo de niñero y con la que se había casado para obtener los mentados "papeles". Había trabajado de mesero en *White Castle* y se conocía el menú de pies a cabeza, pero en su país, al que se refería con una nostalgia que no podía ocultar, como cuando mi tío Mario se refería a los programas del Chavo del ocho. Había sido un *performer* en las calles de San Telmo, en el viejo Buenos Aires y gustaba tanto de viajar que un día se había marchado para no volver, aunque guardaba con cariño una devoción casi evangélica por la fabricación de las empanadas argentinas. Mi esposa estuvo contenta de saber que tenía un nuevo amigo, aunque raras veces lo veía pues sus horarios no coincidían en la casa.

Un día el tipo apareció justo cuando mi esposa se acababa de ir y me tocó la puerta. Me sorprendió porque había logrado entrar por la puerta de hierro y la otra del Lobby sin tocar el timbre ni llaves y también porque había aparecido sin previo aviso en un país en el que este tipo de cosas simplemente no suceden. Yo ya me había acostumbrado a que siempre me avisaran cuando alguien, cualquiera, tenía deseos de venir a casa. Ya miraba con mal modo esa latina costumbre de llegar a visitar cuando menos se lo espera el dueño de la casa. De encontrar al pariente o al amigo con los ojos *chilicosos* o en medio de una ducha. Con la sala desordenada o incluso cuando estaba terminando la última pieza del pollo horneado y no había nada más que ofrecer a la inoportuna visita. Ciertamente era de una de esas cosas que habían cambiado en mí, antes era tan relajado y fresco que podía fácilmente ir o venir a visitar a mis amigos o parientes tratando incluso de llegar inoportunamente para ellos, mientras las flechas del reloj apuntaban a las horas de las comidas. Ese día entonces, el amigo entró nervioso. Con los ojos como perdidos y pidiéndome por favor que le prestara el baño. No me fijé en los detalles hasta que salió sudado y nervioso y no me dejó ni preguntarle del porqué tanta sorpresa y dejó medio abierta la puerta al salir como el disparo emitido por alguna arma rusa. Yo había ya ido a calentar unos remanentes del café de la mañana y había untado unas rodajas de pan con mantequilla y mermelada de moras y lo había colocado en el tostador cuando escuché sus pasos saliendo para el pasillo. Cuando llegué a la puerta del apartamento apenas pude escuchar el golpeteo de la puerta del Lobby y me quedé mudo de tanta falta de cortesía. Esa vez algo llamó mi atención y fue el sentir un fuerte olor a hierba en el baño. No sé por qué razón había pensado que el tipo quizás había sufrido de algún tipo de urgencia mientras andaba en la calle paseando al pequeño cliente y había entrado rápidamente para salir de sus *problemas* en nuestro apartamento y había pensado en preguntarle si el chele estaba abajo en su *stroller* o que si lo había dejado encargado con alguien en el Lobby. Pensé en preguntarle si quería una rodaja de pan tostado con mantequilla y mermelada de moras, pero luego caí en la cuenta de que el tipo este nunca le negaba el cariño a ese tipo de invitaciones. Es decir, pensaba que había logrado descifrar sus típicos comportamientos como cuando uno tiene de esos viejos amigos y es capaz de saber esos detalles tan banales como por ejemplo si prefiere las cervezas locales a las importadas o si disfrutará mejor de regalo de cumpleaños un libro de Roncagliolo o un disco de Adele. Pero no. Obviamente nunca había llegado a conocer bien a este tipo al que una vez había osado llamar mi amigo.

Ahora todo había culminado con este episodio tan raro a medianoche. Yo me había quedado terminando un proyecto con un *deadline* estricto y le había pedido a mi esposa que durmiera con el niño en el cuarto y no se preocupara por mí. Yo había escuchado los ronquidos de los dos al otro lado de la partición de Gypsum. Y entonces, justo a la hora que el sueño lo inunda a uno más profundamente. Había escuchado unos pasos subiendo por las gradas del edificio. Unos pasos pesados y que tropezaban constantemente con los escalones forrados de carpeta. Un sonido bajo y repetitivo que había parado justo enfrente de nuestra puerta. Y luego la perilla de la cerradura había girado y la luz del pasillo había iluminado mi escritorio. Yo, asustado había visto el perfil fantasmal en el vano de la puerta y lo había reconocido por su figura quijotesca. Le había reclamado su aparición repentina a estas horas de la noche y él se había disculpado calladamente aludiendo una vieja amistad inexistente. Y entonces yo lo había sentido. Un olor a vómito y a sudor. Yo había percibido que él no estaba bien. Que quizás hasta había andado viviendo debajo de los puentes y que ese olor que despedía, nauseabundo, era el olor de los que tienen al menos una semana sin bañarse. Había intentado sacarlo de mi casa, pero el tipo tenía una rapidez tan sorprendente que apenas y había podido evitar tal invasión inoportuna. Como todas las invasiones sin duda alguna. El tipo había sido capaz de sacar de entre unas telas sucias y gruesas una jeringa enorme llena de un líquido verde fosforescente que había inyectado en sus venas justo enfrente de mi perceptible, tangible anonadamiento. Aturdido, reaccioné violentamente a este abusivo sujeto al que antes había llamado mi amigo y le había pedido que se marchara de inmediato, pero él, sordo a mis pedidos enérgicos, pero en voz baja considerando a los vecinos y al hecho que mi esposa y mi hijo dormían pesadamente al otro lado del Gypsum, en nuestro cuarto, el que había considerado el lugar más seguro y sagrado de la casa. El tipo se hacía el sordo y perdido en sus horrorosas adicciones, había caído envuelto en sus ropas apestosas y había vomitado justo en el rincón donde los juguetes del niño se juntaban encima de una gran caja a la que llamábamos "la estación", uno de los lugares sagrados de la casa. Ahí había caído el argentino cirquero hijo de la gran puta. El tipo al que alguna vez había llamado "amigo". El tipo que había entrado a drogarse en mitad de la noche a mi propia casa mientras mi esposa y mi hijo dormían al otro lado del Gypsum. Esto era inaudito. De ser otra persona hubiese llamado al 911 pero había cierto pedazo de consideración en mi todavía (no me pregunten por qué, pero así era). Quizás porque pensaba que debía esa consideración a quien había compartido sus recetas de baguettes y empanadas argentinas y me había confiado los secretos para unos budines más esponjosos de *blueberries*. Quizás porque había llorado con ese tipo escuchando la historia de cómo había escapado de ahogarse arrastrado por las corrientes del Río Bravo mientras ayudaba a una mujer con un hijo en brazos y con otro en el vientre a pasar al lado gringo. Quizás porque había desarrollado una consideración especial hacia este sujeto que luego de muchos trabajos y muchos caminos recorridos todavía formaba parte de los sin papeles. Quizás porque me consideraba un mejor amigo de él que él de mí. O quizás porque yo era un idiota que no podía poner el orden en mi propio territorio. Incluso llegué a ponerle una colcha encima al pobre despojo humano que era ahora el argentino que había sido mi amigo. Y pensé en llamar a la esposa gringa, la madre del chele que paseaba en su carrito, o a una ambulancia o quien fuera en la mañana. No sé por qué luego de recostarme un rato en el sofá sintiendo el tufo al otro lado de la sala no pude seguir durmiendo. El daño estaba hecho y no había podido terminar mi trabajo en el computador que al fin y al cabo había sido la razón principal de mi desvelo. Los *deadlines* no importaban ahora. No había podido concentrarme en la lectura. No había podido entender por completo a este sujeto. Y tampoco a mí mismo. Pero al escuchar los leves quejidos al otro lado de la sala, lo supe claramente. Seguramente que esto era lo que significaba tener una sobredosis. Seguro que este sería su fin. Los quejidos eran apenas perceptibles en medio del ruido muchas veces ampliado del viejo refrigerador en la cocina y los autos pasando en la calle del frente que nunca duerme. Los recolectores de basura levantando los pesados contenedores y vaciándolos en sus inacabables depósitos contaminantes. Los ronquidos de mi esposa y el infantil coro de mi niño, coincidentes, en completa armonía. Los aullidos del Husky siberiano del vecino al otro lado del pasillo. Los pasos interminables de la cantante de ópera, la vecina en el apartamento de arriba. El ruido de las turbinas de los aviones que pasan rumbo al O 'Hare.

Ahora había llegado a ese mañana y nada de esos recuerdos tan vívidos de anoche podía percibirse en la esquina de juegos de la estación del niño. Nada de la colcha que había puesto encima de sus despojos. Nada del tufo pútrido de los vómitos. Nada de tufo a humano sin bañarse al menos por una semana. Nada de nada que me hiciera creer que lo vivido en medio de la madrugada fuera cierto. En vez de eso, escucho el sonido de la voz del niño haciéndose más fuerte y pidiendo comida. Mi esposa bostezando perezosamente y diciéndole "¡Buenos días!". El ruido de las cadenas que el vecino usa para sacar a pasear a su Husky siberiano. Los pasos inacabables de la pesada vecina caminando en el apartamento de arriba. El sonido de las ruedas del tren sonando en las vías de la Red

Line. Los carros y camiones pasando una y otra vez enfrente de la calle que nunca duerme. Los rayos de sol traspasando las cortinas plásticas de la ventana que está junto al sofá. No tenía que sacar ningún cadáver. No tenía que limpiar ningún despojo humano. No tenía nada más que levantarme y frotarme la cara y los pelos de la barba incipiente con el agua caliente del grifo del lavamanos verde celeste de finales de los sesenta del viejo apartamento. No había nada ahí. Solo mis ganas inacabables de dormir un poco.

2016/6/7

2.

Veinte Hindúes Clonados

Estábamos tranquilos platicando sobre las curiosas formas en que algunos niños deciden venir a este mundo cuando aparecieron como un rayo fulminante. De la nada. Como cuando el tiempo está calmo y parece que nada va a pasar. Como cuando el viento no sopla y las ramas de los árboles descansan misteriosas y ni los cantos de los pájaros se oyen en la mañana que se llena de los primeros rayos de sol en *Andersonville*. El asunto de los nacimientos había sido bien interesante. Keisha con su historia de cómo la hermana había tenido a su hijo sin sufrir el más mínimo de los dolores, parecía una historia de otro mundo para la China. Nada que ver con las 32 horas de labor y parto a las que ella se había sometido voluntariamente, con la candidez de un conejillo de indias que se somete al estudio más escrupuloso o la tranquilidad con que amanece un chancho al que le ha *llegado su sábado*. Dice que veía un *show* en la televisión del *Doctor Phil* u *Oprah* o cualquiera otra de esas estrellas de la televisión gringa que son más populares que el papa Francisco o el presidente de la nación. Mientras miraba, comía palomitas de esas mantequilludas como dice la China. Y se sobaba la barrigona. Aunque ya tenía casi completas las semanas para el arribo, no sentía dolores y se volvía a sobar la barriga (que había permanecido en calma durante las últimas horas previas, caso contrario a esos otros días en que las pataditas habían sido continuas y parte de lo cotidiano de cada día) mientras frotaba deliciosamente los pies desnudos contra el delicioso forro aterciopelado del sofá. Así disfrutaba de sus últimos momentos sin responsabilidades (¡Ah, la dicha de ser padres!) cuando sintió un chorro caliente saliendo de allá abajo. Entonces gritó. Gritó un grito que quedó enmudecido por las paredes insonorizadas de la casa. Insonorizadas y aisladas para evitar las temperaturas del invierno seguramente. O bien para cumplir con los estándares del *International Building Code*. No gritó por el dolor que seguía ausente de su cuerpo, sino por la conciencia de saber lo que veían sus ojos. Sangre. Sangre por todos lados mojando el sofá de papá. Deslizándose espesa y lentamente por la alfombra beige del *living*. Comiéndose los colores y convirtiendo, como los cristianos de la época de la conquista con sus espadas desenvainadas y desde lo alto de sus caballos, todo en rojo. Entonces fue consciente de que el ser que llevaba dentro la golpeaba en lo más profundo de su ser. Quería salir. Ya era la hora. Estaba listo. Una llamada a emergencias no solucionó el problema porque los paramédicos, sin poder entrar a la casa, golpeaban frenéticamente la puerta que ella no podía abrir estando tendida en el suelo a escasos pocos metros de distancia. Hasta que los golpes en la ventana del cuarto despertaron al tío. Ahí descubrieron el más bello rostro que ella había visto hasta entonces coronando, envuelto en grasas (naturales y artificiales si tomamos como punto de referencia purista la alimentación de la madre) y sangre. Roja sangre. Roja sangre que cubría (ahora sin pena ni tapujos ni nada) el pantalón recortado para ajustarse a las nuevas caderas de embarazada; la blusa blanca, ahora estirada con las fotos en blanco y negro de los melenudos de Liverpool que había sido tanto tiempo su favorita; dos almohadones que papá ponía a los lados para acomodarse los brazos mientras miraba la lucha libre y la mitad del lado visible del forro de terciopelo del sillón de la sala; y un trozo grande de alfombra, que de lejos, parecía el perfil enorme de un oso de esos que se meten en el invierno en el patio nevado de la casa de mi tío en Alaska. Esa sí que había sido una forma interesante de llegar al mundo.

Luego Rodrigo platicó cómo había sido su nacimiento. Obviamente él tenía una historia propia. No de una hermana o una prima, ni tampoco alguna historia de un amigo del *College*. Era una historia propia. Como todas las historias propias de Rodrigo. Directo al grano. Pero espectaculares. Dijo que había sido en época previa a *Uber* y los *tele-taxis*, esos que pides ahora con la facilidad de un *tap* en la pantalla del celular o bien esos que llegan como Flash a la puerta de tu casa aún antes de haber llamado a número alguno y que hacen sospechar que Google o Microsoft son incluso capaces de saber lo que vas a pensar en media hora gracias a sus artilugios sofisticados de inteligencia artificial. Y había sido en Managua. En la Managua tumultuosa de los años ochenta para ser más específicos. Y durante un vendaval. Todos en Managua lo recuerdan todavía. El Huracán le dicen. El Huracán Juana. Estábamos en medio de un bloqueo y una guerra y para colmo de males se nos dejó venir el huracán. Rodrigo contó con tal veracidad el contexto que incluso podíamos sentir la humedad de la lluvia y el ronronear de las gotas golpeando el techo metálico de su casa. Dijo que fue a las ocho. Justo a la hora en que acababa de terminar la novela brasileña. El fenómeno mediático por excelencia en la Nicaragua en guerra de los ochenta. Curiosamente a pesar de los varios días de lluvia la luz no había fallado y aunque ya se disponían a apagar el televisor para pasar a disfrutar de los brazos de Morfeo, la mama de Rodrigo vació los baldes llenos con las goteras de la casa en el patio trasero, oscuro e insondable como la mente del político de turno y sintió un estertor que le hizo botar el balde y un grito sordo inundó la casa con más celeridad que la propia lluvia que caía. Mario y la mujer salieron corriendo mojados debajo de la lluvia. Caminaron varias cuadras buscando un taxi mientras las tinieblas reclamaban su protagonismo con un apagón. Hasta que, con ayuda de los Molina, los dos muchachos gemelos hijos del vecino que pronto se irían a la guerra, encontraron un *Lada* que los llevara. Pero ya era muy tarde. Para cuando llegaron al Berta Calderón, el hospital materno infantil de referencia en Managua, Mario y su mujer ya iban chineando. El asiento trasero del taxi inundado de sangre. Roja sangre de madre. Rodrigo dijo que el taxista fue como un ángel. Nunca más supieron de él. Ni siquiera les cobró la carrera. Una carrera larga desde Monseñor Lezcano hasta el Berta, en medio de la lluvia constante del Juana. Así nació Rodrigo. La mama le quiso poner de nombre Lada Esteban en homenaje al carro y al nombre del taxista, pero fueron más fuertes los argumentos del papa y se quedó Rodrigo. Supuestamente porque Mario había sido estudiante del conservatorio y ejecutaba como nadie en esa Nicaragua de los años ochenta, el concierto de Aranjuez del ciego de Valencia. Obviamente no lo le habían puesto Joaquín porque a su papá no le gustaba lo obvio. Era mejor una pizca de misterio. Al menos así se lo habían contado.

Entonces conté la historia de mi madre. Como había nacido un domingo a la hora de la sopa. Como doña Minguita, la vecina había ayudado a mi abuela con el parto. Había sido un domingo luego de una buena comida de carne asada y tortillas recién hechas. Justo mi abuela había puesto la olla con el agua para la sopa cuando mi abuelo le tocó la gran barriga y le dijo que ya volvía. Que iba a visitar a su mama, a doña Juana. Esa había sido la tradición de los viejos desde siempre. Los domingos se desarrollaban así: a las cuatro mataban una res en la casa de los Soza. Mi abuelo se levantaba temprano, a eso de las cuatro de la mañana y se montaba en su caballo colorado para hacer el recorrido porque era más rápido y los Soza vivían adelantito de la curva de la subestación allá en Muy Muy. Él era siempre de los primeros. A veces miraba cómo los matarifes le cortaban la yugular al buey o al ternero. Luego como la despellejaban usando el cuero como recipiente donde caían uno por uno, por efecto de la gravedad, los huesos, la carne, las menudencias... luego colgaban de unas gruesas varillas de hierro dobladas como garfios, las grandes piezas. El lomo, el contralomo, la punta de costilla, la cola, la lengua. A él le gustaban los huesos más sabrosos y dos libras del suave lomo para comer recién asado con tortillas. Mientras él hacía el mandado, mi abuela nesquisaba y molía el maíz para las tortillas. Ya de la noche anterior había dejado el maíz en agua de cal para quitarle la pelusa. Y cuando el abuelo regresaba, ella ya estaba con la maquinita Corona instalada en el mesón, dándole vueltas a la manivela. En el fogón, la leña chirriante que anunciaba la visita calentaba el comal para las tortillas. A un lado las primeras brasas listas para asar la carne. Todo pasaba en formato multitarea rápido, fluido, como el concreto líquido entrando en las formaletas de las fundaciones de un edificio, llenando los intersticios lentamente, pero sin pausas. Comieron la carne y las tortillas recién hechas como siempre. Y mi abuela puso la olla grande para la sopa. El abuelo se despidió como siempre para irse a visitar a su mama, doña

Juanita. Le llevaba, envueltos en un mantelito blanco con flores rojas serigrafiadas, tres tortillas grandotas y gruesas, como esas que hacen las gentes de Matagalpa, y en una bolsita, tres tasajos bien asados de carne jugosa, recién asada. El olor era tal que doña Minguita se embozaba en la tijera de cuero de venado en la casa vecina para no sufrir los retortijones matutinos por el hambre que se despertaba ante tan suculentos olores. Según la abuela hasta ahí todo iba bien. El abuelo se fue a su visita acostumbrada mientras ella pelaba los chilotes y el quequisque para la sopa. En una pana aparte los huesos se maceraban envueltos en jugo de naranjas y piña con sal. Y en eso se dejó venir la niña. Fue un dolor lejano pero constante, imposible de dejarse pasar desapercibido. La abuela supo que era la hora porque esa panza había sido tranquila. Sin náuseas ni dolores. Apenas y los típicos antojos de toda panzona. Nada especial. Se fue entonces a avisar a doña Minguita que salió rapidito pensando que la vecina le llevaba la tradicional tortilla con el tasajo de carne y el vaso de café negro de los domingos, pero ahora no era eso. La cara sudada y colorada de la Fidencia la delató. La niña ya venía. Y había urgencia. La Minga usó el agua tibia que estaba en el perol de la sopa para limpiar a la niña. El niño de la Canducha se fue a buscar a Pancho a la casa de doña Juanita. Y los dos, el Pancho y doña

Juanita, vinieron a chinear y a estudiar a la niña. A ver a quien se parecía más. Que si había sacado los ojos zarcos de don Terencio. Que si tenía los pelos lisos del papa o los ensortijados de la mama. Y que si el lunar en el cuello había sido por el eclipse y todas esas cosas mínimas y deliciosas de las que hablan todos en la casa cuando llega un miembro nuevo de la familia.

Apenas habíamos llegado a esta parte de la conversación animada cuando entraron por la puerta de vidrio veinte hindúes parlanchines y ruidosos. Keisha se quedó muda con un trozo de cordero en la mano viendo al gran grupo que al cabo habían movido mesas y sillas. Lo que más llamaba la atención a los sentidos era, aparte del ruido y las animadas conversaciones que se confundían con la música de fondo de *Asha Bhosle*, los *Dhotis* de las personas. Parecían veinte clones que se movían como un solo ser, como si formaran parte de alguna coreografía especialmente preparada para nosotros, como la bandada de estorninos en un día de navidad en el lejano Logroño del video que se volvió viral hace unos años. Terminamos el *Biryani* de Cordero y estábamos apenas comenzando el *Kulfi* de Pistachos cuando un silencio sepulcral inundó la sala del local. Con la comida a medio comer y los meseros correteando por doquier atendiéndolos, se levantaron al unísono, como si hubiesen escuchado alguna señal divina o las trompetas del apocalipsis del fin y caminaron uno tras otro con sincronía militar hacia la salida. Todos en el local los quedamos viendo fijamente y ellos, como robots japoneses programados meticulosamente salieron uno a uno así de rápido como habían llegado e inundado el lugar. No supimos si habían cancelado la (muy seguramente) abultada cuenta cuando salieron. Ni supimos cuál de entre todos ellos (que lucían como copias fotostáticas para nosotros) era el jefe de tan curioso pelotón.

Keisha siguió con sus bromas luego de cinco minutos de silencio y Rodrigo metió su cuchara en el *Kulfi* verde que ya estaba medio derretido y el niño siguió sus caminadas ruidosas por el salón mientras todo volvía a la total, aparente normalidad. Mi mujer dijo que seguramente eran turistas que venían a los juegos en el *Soldier Field* pero todos en la mesa le regresamos su comentario con un silencio y una mirada de poco convencimiento. Keisha se quedó en silencio y me dijo que ese era un buen título para un cuento: Veinte hindúes llegaron a un restaurante y yo me sonreí respondiéndole que sí. Volvimos a casa y puse a dormir al niño como todas las noches, siguiendo el protocolo de su rutina. Lo coloqué en la cuna y soñé con sueños propios de una comida tan abundante. A la mañana siguiente escuché un grito en la sala mientras me lavaba los dientes en el baño. Grité preguntando a mi mujer que si todo estaba bien y salí rápido al no escuchar respuesta. Ahí estaba ella, congelada frente a la pantalla del televisor. Le pregunté sin obtener respuestas que pasaba y el silencio era tal que parecía un bloque de hielo entre nosotros. Las manos cubriéndole la boca y una lágrima le recorrió su mejilla derecha. Ahí, en la pantalla del televisor veinte hindúes vestidos en elegantes Dhotis, uno al lado del otro como juguetes en un estante de una juguetería, muertos en otro suicidio colectivo mientras las letras rojas de la CNN anunciaban la tragedia. Se habían encontrado en su hotel en el sur de la Ciudad, aparentemente envenenados todos con el mismo veneno poderoso. Ninguna nota de suicidio y ninguna identificación. Eran los mismos veinte. Parecían como figurines recortados con el mismo molde. Con los ojos perdidos en la nada. Nos quedamos viendo con una complicidad misteriosa y la abracé en silencio. El niño nos miraba callado mientras hojeaba un libro de orugas glotonas. A los cinco minutos escuchamos de nuevo los aviones a lo lejos. El tren. Los autos en la calle del frente. Los niños llorando en la casa del vecino. Tocaba bañarse para irse a trabajar.

3.

De Astrofísica y Poesía

Hoy miraba en la televisión un interesante programa sobre astrofísica, astronomía y toda esta cuestión del espacio y el tiempo que tanto me fascina. Y me encontré con unas ideas bastante poéticas como para haber sido pronunciadas por los que a simple vista parecen ser fríos científicos. Por ejemplo, uno de ellos dijo que luego de numerosas pruebas y sofisticados cálculos matemáticos que incluyeron numerosas estrellas enanas se llegó a la conclusión de que la expansión del universo no tiene fin y, es más, la velocidad a la que el universo se está expandiendo es tan grande que parece que está cayendo irremediablemente hacia el fondo del pozo que lleva al final de todo. Nadie sabe qué ocurrirá cuando el universo –cual agua que se cae del vaso y se derrama lentamente por la mesa- llegue al borde del espacio disponible para terminar su expansionista labor. Porque el espacio en cierta forma es como las multinacionales: siempre tratando de abarcar lo más que se pueda. Digo yo. Un día de tantos cuando la materia obscura llegue al borde de la mesa... ¿qué pasará? Dicen estos científicos que ocurrirá lo inevitable. Como la llama amarilla de la candela blanca que nos ilumina cuando acontece uno de esos cortes de luz – muy habituales en verano- un día se apagarán las luces. Las estrellas y las galaxias estarán tan alejadas que ni siquiera la luz con su enorme velocidad será tan rápida como para alcanzar a iluminar a otras estrellas. ¡Pero qué preocupación!, Se imaginan ver al cielo nocturno y no ver nada. Ni estrellas ni luna. Porque la luna también es afectada por la gravedad de los otros planetas y de las otras estrellas. Y también los eclipses de la luna no serán posibles en algún tiempo. Porque la luna, gracias a esa enorme fuerza –el error más grande en la vida de Einstein, la constante cosmológica- que tienda a separarla de nosotros, -simples mortales hechos de polvo estelar, restos de supernova con penas de amor e infames dolores de parto que anuncian la nueva vida- un día estará tan alejada de nosotros que ya no va a "TAPAR" el sol con su dedo. Y ese instante grandioso esperado por todos los amantes de las estrellas y los fenómenos celestes, ese momento en que aparece el brillo, ese punto de hielo -también llamado Bailey's Beads por los norteamericanos-, o esa llama del sol detrás de la sombra oscura de la luna, ya no será jamás vista de nuevo.

Pero si ya estamos viendo el pasado cuando vemos las estrellas. No nos resulta capaz de ser cierta la idea de que ya no estén allí, como en efecto muchas ya no están. Porque vemos brillando una supernova que está a mil años luz y eso no nos dice que allá no existe nada sino polvo estelar y plasma. ¿Cómo sabemos que todo lo que vemos no es nada más que una gran fantasía, una ilusión óptica que es alimentada por nuestra imaginación y por la torpe lentitud de la luz que nos llega? Si Cassiopeia ya no existe y la veo en la noche estrellada que no existe, ¿qué más da? Cuando mi cuerpo muera y vuelva a las estrellas de donde vino mi calcio y mi carbono y mis huesos y mis neuronas y mis ojos que ven estrellas que no existen. Entonces mis hijos y mis nietos verán de nuevo esas estrellas y se enamorarán (mirando a las estrellas muertas) y tendrán hijos que verán de nuevo esas estrellas que no existen. Y terminará la especie y aparecerán a lo lejos nuevamente bajando de las montañas los dinosaurios extinguidos...

A propósito, una idea me ha vuelto a rondar nuevamente en la cabeza. He escuchado decir a otros científicos locos –parientes del creador de Frankenstein o el hombre manos de tijeras- que ahora están descongelando un mamut e intentan encontrar el ácido desoxirribonucleico y probar a hacer un clon del padre del elefante (o tal vez simple pariente). Se imaginan que la próxima especie dominante del planeta sea la de los mamuts. El género humano completo desaparecido y docenas de mamuts paleontólogos encontrando huesos humanos en sus excavaciones gigantescas y pensando en la forma en que desaparecieron esos pequeños seres bípedos que un día dominaron el tercer planeta desde el sol... Explicando la desaparición de la especie humana con el descubrimiento de un cráter de meteorito encontrado en el golfo de México...

Volviendo al asunto de las estrellas y ahora pensando en asuntos religiosos. He aquí un verso que aparte de poesía vendría siendo para estos científicos del nuevo milenio una cuestión cuestionable porque si las estrellas un día se "apagan", como en efecto parece ocurrir –porque todo termina, ¿verdad?, Incluso las notas de Rubinstein y los versos de Whitman- entonces este versículo bíblico vendría siendo como una ilustración meramente poética.

"Las estrellas son belleza y adorno del cielo; su luz ilumina las alturas infinitas. Por orden de Dios se mantienen en su puesto y no se cansan de hacer guardia."

¿O también será orden divina que un día se apaguen los faroles que solían ser encendidos por el farolero vecino del Principito del que nos contó el piloto perdido en el desierto?

Materia oscura. Universos paralelos. Gravitón y términos semejantes se ponen de moda hoy en la jerga cosmológica. Actualmente muchos científicos aseguran que la materia obscura llena inevitablemente todo el cielo estrellado que vemos por las noches. Las estrellas son las manchas del tapete oscuro del universo. Y finalizando el presente siglo ha cobrado gran auge la teoría – más poética que los versos mismos de Darío o Martí- de que todo está formado por diminutas cuerdas. La teoría de las supercuerdas. Las supercuerdas serían las que tocan el son que baila el universo entero. ¿Cómo bailará Omega Centauro el son cubano? Si a cada vibración surgen los elementos atómicos más elementales que a la vez van formando por resonancia los elementos más complejos (si confiamos en la teoría evolucionista de Oparin) todos somos música.

Tal vez por eso tenemos los seres vivientes del universo esos ritmos tan misteriosos.

El palpitar intermitente de las estrellas que detectan los radiotelescopios de Arizona, sería similar al palpitar nervioso del corazón de un adolescente al encuentro fugaz del primer beso.

Cuando el son de las cuerdas coincide con el modo de vibración de los átomos de carbono e hidrógeno, oxígeno y argón... se forman poco a poco resonancias consecutivas que generan la Vida. El nacimiento de un nuevo ser sería la manifestación artística más elevada de la naturaleza musical del universo.

Pero el ser humano continúa "estrellándose" contra el gigantesco muro del desconocimiento. Ya alguien ha dicho que lo más complicado ha de explicarse del modo más sencillo. Así, ¿cómo explicar el ansia de vida que muestra la más pequeña bacteria y el más elemental sistema celular de este planeta?

El soplo de vida es el mismo en el fiero león que vaga silvestre en el Serengueti y en el apasionado artesano que esculpe el pecho desnudo de la musa que lo inspira.

Pero nuestros sentidos nos engañan. Somos víctimas de nuestros sentidos cuando percibimos tres dimensiones que resultaron ser insuficientes para explicar la teoría de Einstein. El escarabajo caminando en el globo difícilmente se da cuenta que la superficie por la que circula no es tan plana como aparenta ser ante los ojos del insecto. Pero Einstein lo descubrió en la oficina de patentes.

Ahora necesitamos por lo menos unas diez (o más) dimensiones para explicar de manera más o menos convincente la teoría de las supercuerdas. No tenemos suficientemente desarrollada nuestra matemática para poder plantear una ecuación que pueda predecir cómo se comporta una supercuerda... cuáles son sus modos de vibración... cómo afina Dios las cuerdas para que surja la vida. Apenas empezamos a ver el sketch de esa obra maestra que es la creación divina: líneas solo, solamente líneas sin sentido en donde el maestro divino pintó el universo en una combinación de los estilos de Dalí, Van Gogh, Gauguin.... es fácil ver la quintaesencia que surgió al observar cuidadosamente las fotografías enviadas por el Hubble. Ese telescopio miope – rectificado que nos ha acercado más al nacimiento mismo del universo.

4.

Good Will Hunting y el Pajarito que quería volar de Jorge Bucay

En ese momento estaba recordando la escena de Good Will Hunting en donde Minnie Driver aparece sentada en la barra del Bar tomándose un trago y Ben Affleck comienza a hacerle plática cuando un "clon" de Michael Bolton surge de la nada hablando boberías de la economía de las trece colonias en un discurso para impresionar a Minnie y las chicas que la acompañan. Discurso que es certeramente aniquilado por una conferencia magistral de este chico: Will. Will, el genio de las matemáticas y el cálculo avanzado que trabaja limpiando los pisos del Massachussets Institute of

Technology, mientras estudia química orgánica como pasatiempo.

Lo que más me gusta de la película es la conversación que tiene Will (interpretado por Matt Damon) y Chuckie (Benjamin Affleck) en un receso de su trabajo demoliendo edificios. Chuckie le dice a Will que él tiene algo especial. Es como si estuviera sentado sobre un boleto ganador de la lotería y le dice que en cincuenta años si aún está haciendo ese mismo trabajo sería un total idiota y sería el primero en darle un sopapo. Le dice que él está hecho para cosas más grandes y que le duele que siga perdiendo el tiempo compartiendo las noches en los bares y las cervezas con ellos. Es cierto que lo disfruta mucho, todo ese tiempo compartido con el resto de los amigos y sus andanzas en el viejo auto, pero sería una total pérdida de tiempo, una total pérdida de la vida el seguir ahí en la misma rutina teniendo esa capacidad diferente de hacer cosas grandes con el talento que tiene.

Entonces recordé aquel cuentecito que leí en un librito de Jorge Bucay en donde un pájaro desea, con el más ferviente deseo que cualquiera pudiese tener, aprender a surcar los aires y volar, libre, al viento. Su papá le dice que es capaz de eso y mucho más, pero él, duda de sus talentos y a pesar de haber juntado el suficiente valor como para hacer un primer intento, se siente frustrado y triste por no haberlo logrado. Luego de caer apabullado por el golpe de su primera experiencia y escuchar los consejos de su padre, se queda callado y pensativo cuando éste le dice que para volar es necesario, al igual que para lograr los grandes triunfos de la vida, correr riesgos. Y cuanto más grande el riesgo de caer precipitado en el vacío de la nada, más grandioso y sorprendente puede ser el éxito alcanzado. Porque como me decían mis profesores de finanzas, el riesgo va de la mano con la rentabilidad, o el éxito como diría el pájaro a su pequeño crío.

5.

Dios juega a los dados o el pensamiento de Stephen Hawking

En la última semana he estado viendo (gracias al Internet, que me sacaste del mundo de la ignorancia :-)) varios documentales que tratan sobre la vida y obra de Stephen Hawking. Esta mega estrella del mundo de la ciencia y el mundo lego en donde nos encontramos el resto de los mortales. Unos lo alaban y lo engrandecen y otros lo ubican como un científico más cuyo aporte a la ciencia no es tan grande como aparenta. Unos cuantos aducen a una estrategia de mercadotecnia su éxito editorial y el padrinazgo que en sus días le diera Carl Sagan.

Bueno, lo interesante es que las ideas de Hawking sobre si es posible o no la existencia de un Dios que gobierne todo me han dejado medio cabezón esta semana y he estado pensando que realmente el mismo Dios puede haber hecho las reglas bajo las cuales gobierna el Universo. De esa manera las leyes de la Física y de la Ciencia en general serían las reglas del mismísimo Dios ¿o no?

Eso de que si la respuesta a nuestra pregunta eterna de que si lograremos descifrar la Teoría del Todo estará a nuestro alcance o nuestra inteligencia es muy limitada para conocer esta esencia misma del conocimiento es otra pregunta interesante ya que seguramente, al igual que hemos venido dando, como humanidad, digo, pequeños pasos para llegar a este nivel tan abundante de complejidad que tenemos en el mundo (el mismo hecho de estar digitando estas palabras y saber que me leerán en cualquier lugar del mundo es una cosa que no deja de causarme asombro), es para mí una señal de que sí lo lograremos. Claro que el tiempo en el que esto será posible es la pregunta del millón de dólares. Hawking dice que no pasarán más de 20 años hasta que sea posible la unificación de la física de las partículas y la de lo inmenso. Yo no me atrevo a ser tan optimista. Creo que la Humanidad llegará a ese punto, pero me asusta mucho el ver los efectos negativos en el ambiente de nuestro paso por el mundo.

Creo que el fin del mundo pronosticado por los Mayas y la Biblia es uno individual, indivisible y particular para cada uno de los mortales. Cuando hay un terremoto y mueren cientos o miles en Indonesia o en Colombia, eso significó el fin del mundo para ellos. Para mí que a eso se refiere la Biblia cuando dice que será movido uno y otro en el mismo cuarto se quedará (El arrebatamiento) pero claro que yo no soy experto en Biblia ni en lenguas sagradas.

Pienso que Hawking logró hacer lo que muy pocos científicos han logrado hacer en la historia moderna: interesar a las multitudes en el estudio del universo y en la historia de todo lo que hemos tenido que pasar como humanidad para conocer lo que conocemos hoy, desde los oscuros procesos de la inquisición (¡Ay! Torquemada!, ¡ojalá que ardas en las llamas eternas!) y las difíciles teorías de un Universo en eterna expansión hasta las más complicadas y obtusas teorías pluridimensionales de las Supercuerdas. En parte gracias a su influencia (desde luego que también gracias a Einstein), hoy en día muchos fanáticos leemos, escuchamos, pensamos y sudamos pasión y emoción por los temas científicos. Para la satisfacción de los mercadólogos, somos un nicho que despierta intereses y productos ya que mientras exista demanda, obviamente existirán ofertas para llenar los bolsillos de los creativos y los negociantes de la moda. ¿Quién iba a pensar que una ecuación matemática podría ser objeto de culto por varias generaciones no?

6.

Los hornos humeantes de Hitler y las torres gemelas

Luego de leer el informe de la FEMA sobre la caída de las torres gemelas y el efecto fehaciente que el fuego y el calor abrasador tuvieron en el debilitamiento de la superestructura, no dejé de asociarlo, casi automáticamente con la imagen que me quedó grabada luego de leer el libro Los Hornos de Hitler. La imagen que tenía era parecida a un recuerdo minúsculo, apenas perceptible, como un viejo daguerrotipo de Nena Daconte, el personaje que más recuerdo de mis lecturas de García Márquez. Era increíble ver, a lo lejos, la imagen humeante, con el olor imaginado en mis neuronas, a la carne humana chamuscada de los cientos de muertos convirtiéndose en polvo y cenizas. Así mismo, pero con el sentimiento de ser testigo de una película y no de los hechos reales de la historia, me sentí aquél 11 de septiembre, fecha en que, junto a muchos desempleados más, observé, impávido, a través de la pequeña pantalla de mi televisor, las imágenes de CNN a través del canal dos de la televisión nacional. No sé por qué hoy cuando veo las fumarolas de las torres gemelas humeando en el cielo triste de esa mañana en Nueva York en las fotos o la televisión, lo único que me viene a la mente es el recuerdo de los hornos "panaderos" de esa otra triste época de la historia en los campos de concentración.

7.

I. El Tonky Cazando aguacates

Mientras vivía una especie de "experiencia religiosa" en ese llamado "primer mundo" traté de no manifestar muchas de mis acciones o reacciones por considerarlas "fuera de lugar" o "políticamente incorrectas", sin embargo, comenzaré a mencionar algunos detallitos que llamaron mi atención ya sea debido a mi ignorancia o al choque cultural que significaron para mí en el momento en que las viví. Espero con esto ayudar a posibles lectores que también se hayan topado con una experiencia similar, sino al menos lograré sacarlo de mi mente.

Una de las primeras cosas que me llamó la atención fue ver cómo los huesitos y la piel del pollo que comíamos era tirado directamente a la basura. Mi perro "come cuando hay" de Masatepe se muere por los huesecillos y siempre que tiraba a la basura estos desperdicios me acordaba de mi pobre Tonky. ¡Cómo no hubiera querido haberte llevado al primer mundo en donde sin duda alguna hubieras sido mimado hasta el cansancio!

Por aquí les voy a poner una foto de la suso dicha mascota para que lo conozcan, es muy gracioso el "negro" sobrenombre con el que también lo bautizamos por estos lados. Tiene patas amarillas y unas uñas ruidosas que resuenan a veces en el silencio de la noche cuando rasca el piso de cemento de la casa. (de repente me pareció estar leyendo a Juan Ramón Jiménez.... ohhh! mi Platero y yo, suave como el algodón).

Supuestamente los perros del primer mundo no pueden comer la grasa de la piel del pollo, pero yo me preguntaba si sus ancestros colmilludos de los bosques no comían cualquier cosa que se les atravesara en el camino sin importar las calorías o el colesterol bueno o malo. Mi propio Tonky se ha convertido en un cazador nocturno (ya que de día le tengo prohibido cazar algo diferente de las mariposas azules que visitan el jardín de mi madre).

El Tonky caza ardillas, zompopos, garrobos y don Chalío me cuenta que hasta un zorro se llevó en el saco un día de estos. Cuenta don Chalío que entre las brasas del fogón cocíó los restos del peludo animal desgraciado para no acostumbrar al de patas amarillas a comer carne cruda, una mala costumbre, que según cuentan algunos sabedores de ese tipo de secretos, es la fuente generadora del instinto asesino y los malos pensamientos de los caninos y también de la mala gente. Don Chalío, temeroso de Dios como es, supuso que los mismos efectos podrían afectar al "negro" y por eso le asó el banquete al matador de zorros, quien esperaba ansiosamente a que le devolvieran el producto de su cacería.

En estos días el Tonky anda cazando aguacates que caen medio maduros de los árboles del patio y que él captura con la habilidad propia de Omar Vizquel (lo digo por los más de mil seiscientos double-plays del famoso short stop venezolano).

A veces sueño que, por las noches, envuelto en la complicidad oscura de la noche, salgo a buscar en las bolsas de basura los huesecitos y a hurtadillas los guardo en mi maleta prestada para traérselos escondidos, a mi guardián canino.

44

8.

II. El Tonky está muerto

Tuvo una vida fugaz. Casi tan fugaz como los fuegos artificiales que iluminan y alegran las noches festivas de la fiesta de la Purísima Concepción de María de los siete de diciembre.

Pero a la vez, fue más que un brillo irrepetible en el firmamento nocturno de las noches (algunas veces frías) de Masatepe.

El lunes, por esos azares del destino me despedí de él y estaba medio triste. Pero siempre que lo dejaba se ponía triste por la separación y la ausencia. Eso lo podía ver cualquiera en sus ojos. Solía ser un perro muy independiente y esa noche junto a seis perros más del vecindario, se despidió del mundo.

Yo pienso que me lo envenenaron. Su cadáver fue encontrado por Don Chalío en el arroyo, allá abajo, cerca de unas matas de chagüite caribe y junto al banco de arena donde a veces pasan grupos de niños tirando garrobos y matando con sus tiradoras asesinas a los guardabarrancos que anidan por esos lares.

Pasé varios días como escuchando sus ladridos tristes de las noches de luna llena. A veces, en la claridad del día, miraba su sombra negra traspasando el patio o enrollado en la gramilla del ranchito.

No sé por qué ocurriría lo que ocurrió, pero a veces siento nostalgia de él. Era un buen perro. Siempre recordaré los días en que le bañaba y como una vez huyó de mis manos a medio enjabonar.

Tonky tan joven que eras, ¡y ya pasaste por una fugaz existencia en este mundo!

Hoy amanecí con una pregunta que no se me aparta de la mente: ¿Será que los perros van al cielo? Mi papa que es medio teólogo y ha estado leyendo ya por varias semanas los libros de C.S. Lewis, me dijo que la existencia de los animales está intrínsicamente ligada con la existencia de los dueños y que en el cielo de cada uno de nosotros estaremos acompañados por aquellos seres que fueron más queridos. Si esto es así, el día que llegue ahí, seguramente me encontraré con una infinidad de mascotas, amadas compañeras de la infancia y de la vida.

Si Lewis tenía razón, posiblemente en el más allá, me encuentre con el Tonky y seguramente perseguirá con su energía característica los huesos de pollo, los tucos de pan o las galletas que compartía con él. Y seguramente correrá alegremente en los verdes campos junto con el Chiquitín.

Sirva esto para mantener su memoria viva en mi recuerdo.

9.

Vivencias inexplicables de un domingo por la mañana

Muchas veces me he preguntado por qué el Destino, Dios, la Fuerza Superior o el Universo a veces nos hace testigos de eventos que no logramos explicar si seguimos los principios usualmente establecidos para definir la realidad.

He sido testigo muchas veces de eventos de este tipo. Personas cercanas a mi han regresado prácticamente de la muerte y a veces he sentido también como yo también he vivido experiencias de este tipo.

Es difícil abordar estos temas sin agregarle de una manera u otra mi formación religiosa hasta cierto punto, pero en la medida en que me he adentrado en las lecturas de textos sagrados de religiones diferentes a la cristiana he descubierto, a veces con sorpresa, que somos todos y todas integrantes de una sola humanidad.

Ayer mientras miraba un documental en TV5 sobre Guatemala, una escena llamó mi atención. Mientras los descendientes de los mayas asistían a una procesión de Semana Santa la periodista les preguntó si ellos adoraban a los dioses mayas o a los cristianos. Una señora de avanzada edad explicó que no era posible adorar a ambos dioses y que sólo adoraban a los dioses cristianos pero que en el fondo los mayas también adoraban a un solo dios y por lo tanto al final todo era lo mismo.

Una de las cosas más interesantes de las ceremonias mayas es que siempre relacionamos la visita a una iglesia con el hecho de ir a pedirle a dios que nos haga uno u otro milagro, pero ellos miran la iglesia como un lugar en donde se llevan presentes, regalos u ofrendas a dios. La gente no llega a pedir, sino a dar.

Pienso que ese espíritu es bueno para vivir plenamente la vida. Ser agradecido de todas las vivencias que tenemos día a día. Todos los hechos y las circunstancias que atravesamos están de una forma u otra forjando nuestro carácter y nuestro ser. Todas las experiencias al final tienen un objetivo que muchas veces no logramos percibir sino hasta que el tiempo ha permitido que reflexionemos o veamos todo desde un plano referencial más amplio.

Algunas veces nuestros planes y sueños más deseados se transforman y resultamos envueltos en situaciones muy diferentes a las que teníamos en mente. Desesperamos. Parecemos desfallecer entre las garras de la impaciencia. Nos frustramos.

Sin embargo, si aplicamos los principios de la prudencia, la calma y la moderación, estaremos en mejores condiciones de visualizar "the big picture".

Tenemos la perniciosa sensación de tener el absoluto conocimiento de la realidad, hecho que ha sido refutado en numerosas ocasiones por la historia a veces con funestos resultados. Nos creemos actores principales de una película en la que entramos día a día desde el momento en que despertamos y cuyo rol dejamos de ejecutar una vez han caído los telones de Morfeo. Y de hecho controlamos una parte de la realidad que vivimos. Porque somos parte de un mundo interdependiente en donde nuestros actos afectan la vida de otros al menos de la misma forma en que los actos de los demás repercuten en nosotros.

No es cierto que tengamos todas las respuestas a las preguntas fundamentales de la existencia. Muchos vagamos aún por el mundo sin el rumbo fijo de una visión y misión personales y soñamos con quimeras inalcanzables sin planes específicos y trabajo consistente. Estamos confinados por nuestra limitada humanidad si no conectamos con la energía propia del Universo infinito (o casi infinito que para nuestro propósito es igual).

Podemos comprender una inmensa cantidad de los fenómenos naturales y artificiales, pero no todo. De tiempo en tiempo seremos nuevamente testigos de los milagros del amor, la amistad, la solidaridad y la salud y dejaremos de pensar en banalidades sinsentido.

Si al final llegamos a estar tan confundidos como al comienzo, siéntete "bienvenido al club". Siéntate al timón y disfruta lo mejor que puedas con este viaje hermoso que es la Vida.

10

Sueños de fuga

Acabo de ver una increíble película "Sueños de Fuga" (no sé qué manía tienen de cambiarle siempre los títulos originales a las películas para hacerlas más comerciales) protagonizada por Tim Robbins y Morgan Freeman. Y me llegó.

Ultimadamente, me he transformado en un fanático de las películas, pero más que todo, un fanático de las buenas películas. He visto algunas buenas y otras no tan buenas. Pero esta sí valió el tiempo invertido. Si no la han visto, les recomendaría que la anotaran en su lista de cosas por hacer. Deben verla.

La lección más grande es: debes tener esperanza en el futuro. Aún si el futuro no se vislumbra feliz o bueno para vos o para los que amas. Aún si la tormenta sigue haciendo esos ruidos que mantienen tu cerebro tu cuerpo y tu alma con miedo a vivir. Vivir es una cosa tan maravillosa que nos ha sido dada y el tiempo tan corto para disfrutar de toda la belleza del mundo que a veces pienso que gastar más minutos haciendo algo que no te gusta es una pérdida de tiempo. Tal vez ahora no puedas elegir, pero debes tener tus esperanzas vivas. Las cosas cambiarán más temprano que tarde. Y debes estar preparado para ese cambio.

La otra gran lección es: la amistar es el más grande regalo que puedes darle a alguien. Es gratis y a la vez algo a lo que no puedes ponerle precio, aún si suena algo paradójico.

Eso lo aprendí cuando era más joven. Leía mucho durante mis primeros años y descubrí un hermoso librito: El Principito, escrito por Antoine Saint-Exupery. Aprendí francés para leerlo en su idioma original (aunque no aprendí la lengua de Molière sólo por esa razón). Y disfruté las grandes lecciones de vida que están detrás de la historia. Repentinamente sin siquiera darme cuenta descubrí algunas lágrimas rodando por mis mejías y sentí como que mi vida entera había pasado encerrado en una prisión. No como la de la película de Morgan Freeman sino una de muy distinta naturaleza.

Cuando descubrí a Facundo Cabral tenía como 18 años. Una vieja amiga argentina que también es amiga de mi madre me contó acerca de este increíble cantor que solía interpretar sus canciones enfrente de mucha gente sin hacer mucho ruido y sin la parafernalia usual de los cantantes de moda. Era como un profeta repitiendo las palabras que querías oír acerca de la mejor manera de vivir una buena vida.

Él me mostró que Dios nos envió a vivir en el mundo no solo en el pequeño pedazo de tierra que llamamos hogar. Nuestro hogar, de hecho, es el mundo entero. Y hay mucha belleza que ver y disfrutar ahí afuera.

Cuando salgo de mi casa y veo las estrellas. Cuando voy al volcán Masaya y veo lo pequeño que soy. Y veo el pequeño tamaño de mis grandes problemas, de repente como que todo tiene sentido.

Cuando regreso en el tiempo y pienso acerca de todas las decisiones que tomé en el pasado y pienso en las consecuencias que esos eventos tuvieron en mi actual forma de vivir, pienso en mis decisiones actuales con más cuidado. Algunas veces pienso mucho. Algunas veces deseo no pensar tanto las cosas. Pero primero debo aceptarme. Y luego, pensar en otras cosas.

Ver películas y leer un buen libro puede ser algo bueno para mí. Pero encontrarme con nuevas personas de todo el mundo puede ser una actividad que me dé satisfacciones de ahora en adelante. Descubrir el mundo que Dios me hizo es una actividad tan interesante que algunas veces olvido que necesito pensar en otras personas que cuentan conmigo. A veces pienso que la naturaleza humana es intrigante y curiosamente trato de abrir esa caja de Pandora para averiguar lo que sería conocer a alguien como la propia palma de mi mano.

Sí, todos estamos presos en nuestras propias cárceles. Sí, algunas veces no sabes lo que eres capaz de hacer. Sí, he estado viendo muchas películas durante los últimos días. Sí, me gustó mucho verlas, pero debo hacer otras cosas para vivir las experiencias de la vida. Sacarle el jugo a la vida es una cosa tan bella para hacer mientras estamos vivos. ¿No lo creen así?

11.

Birthdays and happiness

Según el versículo bíblico "que uno coma, beba y goce de felicidad, eso es un don de Dios" debo decir, sin temor a equivocarme que esta semana fui feliz. Fui portador de una felicidad sosegada, tranquila, amable. Que se regocija con las cosas sencillas de la vida: una buena compañía, una buena comida, una buena bebida, un buen libro, una buena película, en fin. Hasta el clima me gustó, no tan frío, ni tan caluroso, es decir, el justo ideal.

Claro, también un poco de torta de cumpleaños ayudó un poco.

Uno llega a un momento en el que espera ansiosamente los cumpleaños para esperar los regalos de los amigos, pero en esta ocasión no fue así, sólo de recibir los buenos deseos por correo o en las páginas de las redes sociales me alegró. Me alegré porque me acordé de aquellas pláticas con Julio Montalvo en donde hablábamos de la sensación de recibir una carta de algún amigo. "Se agradece que una persona pare el mundo para dedicarte unos minutos a vos", me decía Julio. Y es cierto. En medio de la moderna agitación en la vida de todos nosotros, de la queja constante de la "falta de tiempo", es bonito recibir unos cuantos mensajes de amigos deseándote siempre lo mejor de lo mejor. Y lo agradezco.

Siento que tengo muchas cosas por dar al mundo y por ver y por disfrutar también y espero hacer algunas de estas cosas con mis amigos actuales y mis amigos por conocer.

Gracias a la Vida.

12.

Mientras la Muerte llega

Voy a enseñarte lo que es el miedo en un puñado de polvo

T.S. Eliot en Tierra Baldía

Mientras caminaba por el cementerio y contemplaba a las mujeres limpiando con machetes y palas y sembrando rosales y flores, se acercó impunemente un manojo de gentes. Gentes sencillas con miradas mustias. Las mujeres llorando por el muerto. Los hombres serios. Las coronas de flores. El olor del perfume del sacuanjoche que odio a veces, por recordarme la constante presencia de la muerte. Veo más allá a dos pequeños niños. Rigurosamente vestidos de negro. El canto solemne del rey en las gargantas resecas de los mariachis. De repente un silencio. Las palabras irrepetibles del capellán con voz entrecortada. Y más tarde el llanto irreprochable. Salido del corazón. El sonido hueco de la primera palada de tierra cayendo, irrefrenablemente, irrevocablemente, encima del féretro gris. Un minuto atrás uno de los niños asomándose al vidrio de la última vista. El tiempo me ha confundido con su paso veloz. He visto en ese instante el rostro de indio. Sin la severidad de sus años mozos. De mi abuelo. Su bigotito minúsculo. Su cabello negro peinado como siempre. He sido capaz de sentir el olor de su brillantina que heredé misteriosamente. He recordado todo menos lo malo. Y he vuelto a ser yo otra vez aquí sentado en una banca. Me he sorprendido de estar aquí sentado. En el medio de un cementerio. Viendo a las mujeres hablando de la muerte con una tranquilidad pasmosa limpiando las tumbas y sembrando flores rosadas y anaranjadas y blancas y amarillas. Y he visto al par de niños alejarse. Tristes. Allá una doña los toma de la mano. Los excavadores de tumbas han terminado su labor. La vida continúa. Y contemplo más allá, al otro lado del muro blanco, en un palito de almendro cuyo ramaje sorprende por el tamaño, un nido de pájaros desde el que intenta sus primeros vuelos, un pequeño crío de salta piñuela. Como se pasa el tiempo, amigo. Como se pasa el tiempo. Mientras la muerte llega.

13.

Lágrimas en la noche

Mientras miraba il postino una tímida lágrima se deslizó suavemente por mi mejilla. Resulta muy hermoso sentir de nuevo una lágrima rodando por tu mejilla. Sobre todo, cuando se tiene mucho tiempo de no llorar. Y llorar es tan bueno como reír, quizás mejor. Y resulta ser algo curioso porque hacía muchos años que deseaba llorar, pero simplemente no resultaba, como cuando intentaba besar a aquella muchacha de colochos rubios – como de angelitos- y simplemente no salía porque nos quedábamos viendo el uno al otro a los ojos y pensando en las canciones de Magneto.

Pero las lágrimas son útiles. Te hacen sentir humano nuevamente. Con miedo, con dolor. Sentir que no sós intocable. Sentir la fragilidad de la vida y la fragilidad de ser tan delicado como el mismo cristal. Y creo, ahora que lo pienso, que esa capacidad de llorar la perdí al crecer. Siendo niño resultaba ser muy fácil llorar y muy fácil de comprenderlo. Es decir, se entiende ver a un niño llorar por cualquier bobería. Pero un adulto no. Y menos un hombre adulto. Al menos eso es lo que nos enseñan a ser.

Porque los hombres no lloran. Es decir, ¿por qué lloraría un adulto si alguien le da un pisotón en el callo del dedo gordo? Un niño no necesita dar tantas razones. No necesita explicar los motivos. El móvil del llanto. Si le quitas de golpe la paleta simplemente llora y patalea.

Un adulto busca el pleito o en el menor de los casos hace uso de su biblioteca portátil de groserías por catálogo ¡Ideay hijuep...!

Un niño pega un grito desesperado y corre presuroso a las faldas de su madre. A veces ella le responde con comprensión y atención, que nada pasa, una paleta no es motivo, etc, etc. O puede ser al revés y el niño aprende que una paleta no es motivo. Mejor guardar las lágrimas para la muerte del perro o del chocoyo zapoyol.

Yo lo entiendo bien pues yo mismo maté a mi chocoyo sin quererlo. Tal vez era muy pequeño para tener un chocoyo. No podía apreciar el verde de sus plumas. Ni la belleza de su canto. Dejé la jaula en la orilla del barril y un viento fuerte sopló y lo empujó a la muerte. Cuando volví ya no existía más. Estaba ahogado en su prisión de hojalata y de alambre galvanizado...

Es difícil aprender nuevamente a llorar. Ya lo dije antes. Hacía años que no sentía lo que era chorrear esas gotas saladas por el rabo del ojo. Y no era por falta de motivos. Ahora creo que siempre hay motivos. Nunca falta un motivo para llorar por alguien. Y no siempre las lágrimas son tristes. También tenemos en el catálogo lagrimal a esas marginadas y tan útiles lágrimas de felicidad.

Yo tenía un amigo que lloraba cuando tenía sueño. Siempre que bostezaba no faltaba alguien que le preguntara qué le había pasado. Como que a uno le tuviera que pasar algo para llorar. Es decir, ¿debemos tener siempre un motivo?

Tal vez se necesita un motivo. Jesús lloró cuando se enteró que Lázaro había muerto. Pero no fue la muerte sino las lágrimas de María las que conmovieron estremecieron profundamente a Jesús. Entonces lloró. ¿Lloraría por el dolor de María o por la muerte de Lázaro?

Más bien creo que se contagió de la nostalgia que todos los amigos y la misma familia tenían por la partida de Lázaro o tal vez por no haber estado para despedir al amigo. También lloró Jesús cuando bajaba el cerro de los Olivos, pero esta vez lloró por la ciudad. Le causó tristeza el hecho de que nadie se diese cuenta de la forma en que la ciudad podía conseguir la paz. O sea que lloró por la ignorancia del pueblo.

Tal vez mi motivo no es demasiado grande para muchos, pero lo es para mí. ¿Llora la mariposa cuando deja su crisálida y se transforma? Ningún documental del Discovery Channel lo ha mencionado. Pero tampoco lo ha desmentido. Y hay muchas razones que la ciencia no es capaz de ver ni de estudiar. Quizás la mayoría.

Y cada día la ciencia se parece más a los versos de Neruda o de Octavio Paz o Mario Benedetti. Porque ¿en qué se parecen la teoría de las supercuerdas y el silencio sepulcral de la mujer que calla? La ausencia implícita de evidencia no es evidencia de ausencia como suelen decir los científicos que trabajan en el SETI.

¿Cómo se puede comprobar que la señal recibida hace veinte y tantos años y apenas por un segundo no fue la señal de una civilización diferente a la nuestra?, (¡el famoso wow!).

¿Cómo se puede comprobar que las pirámides que apuntan a Orión y las esculturas de la isla de Pascua tan serias y perfectas no fueron diseñadas por los habitantes de otros mundos?

¿Por qué no puedo llorar por mi abuelo ausente y el vaso de leche que no volveré a tomar en Matagalpa? ¿Por qué las lágrimas me faltan cuando recuerdo mis zapatos sucios de la graduación de primaria?

Tal vez son los motivos. Los motivos erróneos me causan desconsuelo y provocan esa reacción química que le dice mi cerebro a mis lagrimales perezosas que desquiten en algo el alimento.

14.

A veces pienso en la muerte

Ahora pensaba en la muerte porque a veces, casi siempre, la muerte llega sin avisarnos. Un día subimos al avión que nos llevará al otro barrio. Otro día común y corriente nos vamos de paseo con los niños al parque y en el camino de regreso los frenos fallan y la dirección no responde. Otras veces simplemente evitamos ponernos un condón y nos contaminamos la sangre con el SIDA. A veces nos contaminamos el alma y nos suicidamos. Algunas veces parece una forma tan estúpida de morir que nos resistimos a la idea. Pero ¿será posible que la muerte exista? A veces me resisto a pensar en la idea de la muerte, o quizás como alguien lo dijo alguna vez "quizás la muerte no es más que la distancia".

Porque, aunque tenemos correo electrónico e Internet todavía no podemos comunicarnos con el más allá, al menos no sin usar los tradicionales canales de los espiritistas o la Ouija.

A veces siento esas presencias extrañas en la casa. A veces son amigables energías que me ayudan a dormir. A veces resultan ser energías extrañas que no me dejan visitar los dominios de Morfeo.

A veces son los fantasmas de los ladrones que se robaron mis sueños infantiles. A veces son corderos que piden a su principito por un bozal. Un bozal para el cordero. O un bozal para que el cordero no se coma la rosa. Simplemente un bozal.

A veces pienso que es posible que sea verdad. Que simplemente dejamos de ser y nos volvemos humus y savia y flores y semillas que nacen nuevamente (o poesía como decía Dustin Hoffman haciendo de diablo en la película de Juana de Arco). A veces no pienso nada. Quizás las dudas nos llenan a todos el cerebro. Quizás muchos perdemos más neuronas en una noche de licores que en pensamientos refinados acerca de la vida y la muerte. Pero a veces simplemente no lo podemos evitar.

Siempre sentimos el recuerdo de la persona perdida en un olor. En una palabra. En una canción infantil.

15.

Un Recuerdo De Ocalca

Cuando todavía mis abuelos vivían en este mundo. Viajamos una vez a Matagalpa y corriendo con mis primos para jugar al río cercano me caí. Caí en la dura superficie del Macadam que ahora es una bella carretera y un hilillo de sangre fresca corrió por mi frente lentamente. Asustados los otros niños me llevaron a la casa grande. Seguramente envuelto en llantos fui el mimado de la casa por unos momentos mientras mi abuela me curaba con aquella extraña mezcla morada y casi mágica a la que solían llamar mertiolato. Algunos años después me sorprendí al encontrarme en la frente, de casualidad, pues entonces me dedicaba a destripar espinillas al azar, con una pequeña forma, un abultamiento inexplicable en la mitad de mi frente.

Aquella tarde mientras corría esperando encontrarme con los pescaditos que nos hacían gozar con sus mordeduras inofensivas en las plantas de los pequeños piececillos, había sido especial. En mi frente estaba la huella de aquella correteada. Escondida tras la piel perecedera de este mundo una pequeña piedra me recuerda a mis abuelos cada vez que la toco. Una pequeña piedra inofensiva que mi cuerpo inexplicablemente no rechazó. ¿Comprenderían mis tejidos que esa pequeña piedra es parte de esta tierra que es mi cuerpo?

Unos tienen tatuajes que muestran sin pudor en las reuniones sociales que brindan en el club universitario. Unas chicas enseñan los aretes flamantes en sus ombligos despojados de toda vestimenta y yo le mostré a María, mejor dicho le invité a que palpara con sus dedos sedosos mi frente. La frente mía, portadora consciente de una roca matagalpina que los rayos x de los aeropuertos no han podido detectar.

Amén por el pedazo de roca que es parte de mi cuerpo y de mis sueños. De mis sueños que sueño a veces cuando duermo y recuerdo aquella época feliz en que corría sin temores por la polvosa carretera de macadam que rodea al cerro de Ocalca.

16.

Cinco Historias de Inmigrantes

I

Anduve en el servicio militar allá en Nicaragua, Tenía entonces dieciséis años y me inscribí como voluntario, Estaba obsesionado con la guerra, pensaba que era otra cosa

Pero cuando miré las balas pasar, rozándome los brazos y la cara, Y miré caer a dos amigos a unos pocos metros míos, Sentí miedo.

Me pregunté ¿qué estaba pensando cuando me vine para acá?

Estaba en plena montaña, delante de Mulukukú

El Rastro de tu Sueño en Alaska

Yo había recibido cuarenta y cinco días de
entrenamiento

Para manejar un radio

Y cuando llegué me asignaron otro tipo de radio que
nunca había visto

Pasamos muchos días y meses de combates

Una vez comenzamos uno a las siete de la mañana y lo
terminamos a las dos de la tarde

Ese día sólo perdimos a uno de los muchachos

Otro día, Tuvimos un enfrentamiento de media hora

Y perdimos ocho

Y ahí salí herido

Estuve un año en recuperación

Y me fui al hospital a pedir un permiso para no volver
más

Pero nunca nadie me quiso atender, Sólo me decían:
"vuelva mañana, que hoy la doctora está en reunión"

Y así pasaron los días

Pablo A Cruz

Hasta que me llegó la cita nuevamente

Y me metí en las brigadas especiales

Que eran como la élite del ejército.

Cuando la guerra perdió su atractivo,

Dejé el ejército

Y me metí en la construcción

Me hice carpintero

Y ahora, después de dieciocho meses

Vuelvo a Nicaragua

He sentido estos meses largos

Pero tengo que regresarme el otro jueves

A seguir haciendo muebles para un hotel en San José,

A seguir la vida.

II

Yo soy jubilado en Nicaragua

Pero aquí en Turrialba también trabajé

Trabajaba tres meses en un país

Y tres meses en el otro

Pero aquí en Costa Rica es otra vida

Allá en Managua vivo solo

Ahorita voy a San José a tramitar la jubilación

Yo siempre conservé bien el peso y la salud aquí en
Costa Rica

Me decía la doctora que yo no me iba a morir así nomás

Que todo estaba en la comida.

Yo no como nada en la cena.

Pero en el almuerzo me gusta comer bien.

De vez en cuando me como una carnita de res en vaho.

Me gusta esa grasita de la carne.

Pero sólo me como un poquito.

Porque hay que cuidarse.

Aquí en Nicaragua me fregué todo.

Me engordé como veinte libras.

He luchado para bajar diez, pero lo conseguí.

Usted sabe, hay gente de mi edad

Que no pueden caminar ni pasear

Ni nada

Ahí andan

Gordos y lentos

Esperando que llegue el día de la muerte

Yo no pienso en eso

Y como poquito

Camino dos kilómetros a diario

Como tarea, viera

El Rastro de tu Sueño en Alaska

Y mis hijos, todos

Viven en Costa Rica

Ahorita voy a visitar a una en San José

Y después paso unos días en la casa de los otros

Uno en Turrialba y otro en Guapiles

Y así voy

Yo hago cálculo que entre las dos jubilaciones

Voy a tener como diez mil pesos

Y con eso voy a vivir bien,

Bueno, no bien

Pero voy a resolver.

III

Yo trabajo allá en la construcción de unos apartamentos

En mera playa

En un cerrito

Viera que linda vista tienen esos gringos

Todos ellos son americanos, los dueños,

Hacemos unas casas como condominios

Y ahí no hay ni teléfono ni nada

Para llegar ahí son unos cerros bien parados

Se necesita un vehículo de doble tracción

Y en buen estado

Sino no llega

En navidad me vine a visitar a la familia

Aquí en Jinotepe

El Rastro de tu Sueño en Alaska

Y la fila de gente para pasar,

Estaba de tres kilómetros

Yo me esperé a la noche,

Me junté con otros

Y nos pasamos mojados.

Ni loco que iba a hacer esa madre fila.

Ahí estuviera todavía, haciéndola.

Agarré un taxi para Rivas al otro lado

Y a las dos ya estaba en la casa con mi mujer y mis
chavalos

Viera que alegre que se pusieron cuando

Me vieron llegar

Mi mujer hizo una sopa de gallina

Y comimos bien rico.

IV

A mi me mandaron al lado de la frontera con Honduras

Y en un combate me hablé con otro compañero

Salimos huyendo para Honduras

Y caminamos como tres días en medio de la montaña

Hasta que llegamos a un pueblito

Desnudos para que no nos vieran como militares

Y nos mataran

Y fuimos a pedir ayuda en una casita de unos
campesinos

Ahí,

Un señor nos ayudó

Nos dio de su poca ropa unos pantalones y unas
camisetas

Y nosotros hablábamos como ellos

El Rastro de tu Sueño en Alaska

Y le contamos que nos habían secuestrado

Yo estaba estudiando en la escuela de ingeniería cuando
me llamaron

Y no pude seguir entonces por la guerra

Pero ahí en Honduras me separé de mi amigo,

Nunca lo volví a ver,

Me fui para El Salvador buscando a un mi tío

Y ahí me volví a meter a la Universidad

Y terminé la ingeniería

Y conseguí trabajo

Y ahora es mi primer trabajo en Nicaragua

De eso hace como veinte años

Y me parece mentira

Es como un sueño brumoso

Cuando me acuerdo

De la manera en que me escapé

Del servicio militar.

V

Al ingeniero Chicas que me contó su historia.

Pues amigó

Lo mío es diferente

Yo con sacrificios y economías

Me compré un camioncito viejo

Y con trabajo duro, trabajo duro amigó

Me fui comprando mis equipos

Y me hice amigo de unos ingenieros de la Simán

Esa es una constructora grande

Y yo me hice subcontratista de ellos

Pero hace dos años la cosa se puso fea

No había proyectos

El Rastro de tu Sueño en Alaska

Y hasta tuve que vender unos camiones

Yo tenía hasta una casa en la playa amigó

Una casa linda de dos plantas con unos ranchitos de
palma

Y una piscina y un jacuzzi

Ya tenía como cien gentes trabajando para mí

Y entonces caí en desgracia

La empresa agarró un trabajo en Nicaragua

Y yo sin conocer, sin amigos, y apenas con seiscientos
dólares

Me vine aquí

Con diez camiones y palas y patroles

Y como con veinticinco obreros fieles

Yo les hablé clarito

Vamos sin plata ustedes saben que sólo los equipos y la
casa me quedan

Pero allá hay trabajo y con la ayuda de Dios vamos a salir
adelante

Si quieren acompañarme, ahí vamos a lucharla

Y ahí estaba yo en un país extraño

Sin un lugar donde dormir y tomándome una gaseosa

Afligido

Cuando miré pasar a una señora

Y me preguntó que por qué estaba triste

Si el día estaba soleado y nada se hacía estando triste

Entonces yo le conté el cuento

Que tenía un montón de obreros

Y ni siquiera un lugar en donde dormir

Que venía a trabajar en un proyecto

Y no conocía nada

Ahí nomás, ella me enseñó una casa que estaban
alquilando

Y esa noche dormimos

Todos juntos,

Apiñados en aquella casita que alquilamos

El Rastro de tu Sueño en Alaska

Pagando dos meses de adelantado

Y yo estaba pensando en la manera en que iba a
conseguir

Un crédito para unos barriles de diésel y grasa para los
camiones

Y las palas y los patroles

Y estaba pensando en la comida

Y de repente el pleito que había tenido con mi mujer

Ese pleito lo miré chiquito

Como insignificante pues

Y comencé a llorar en el medio de la noche

Estaba llorando como un niño

A miles de kilómetros de mi mujer y mis hijas

Y mi casa

Y mi país

Y con doscientos dólares en el bolsillo del pantalón

Y veinticinco hombres que me tenían fe

Y seguí llorando mientras caía una lluvia interminable

Y me quedé dormido

Ahí en el piso

Pensando en mi aventura

Pensando en mi mujer y en mis tres hijas

Y las lágrimas se me secaron solas

Con el tiempo.

17.

Segunda parte

Esa mañana era sombría. Caían gruesas gotas de una helada lluvia de mediados de septiembre y aunque el frío se le incrustaba en los huesos calando hasta la misma médula, se levantó como siempre. Se enjuagó con el agua de llave que estaba más fría que de costumbre y cubriéndose con un viejo suéter de poliéster amarillo se miró al espejo. No era una vieja en el sentido estricto de la palabra, pero no pudo dejar de contemplar con asombro que las grietas en su rostro se hacían más evidentes a medida que pasaban los días. Caminó lentamente en la penumbra de la mañana principiante y juntando una caja de fósforos y una vieja botella de aceite rellena con kerosín amarillo, se dirigió a encender el fuego para calentar el agua del café.

Pasó por el pasillo de tierra silenciosamente, casi de puntillas, pensando en no despertar al hijo que hacía durmiendo en silencio al otro lado del biombo y encendió el candil en el hermoso fogón de barro rojo. No fue consciente de la tragedia hasta que oyó el canto triste del gallo todavía arriba de las ramas del naranjo y miró un bulto en medio de su fronda. Sintió más curiosidad que otra cosa y se dirigió con el candil en la mano a averiguar el origen misterioso de aquel costal de papas colgado con mecates color chorcha. Recordó que hacía unos meses un hijo del vecino había andado practicando boxeo y solía colgar sacos de aserrín en todos los árboles del vecindario que golpeaba incansablemente con puños y pies. Los golpeaba con un odio y desproporción tan desinhibida que solo los primeros rastros de sangre en sus nudillos le hacían desistir de su obsesiva empresa. Pero no. Visto más de cerca, pudo convencerse de que aquella sombra no era más que un cuerpo humanoide.

Aquél grito en el medio de la mañana sombría se escucharía hasta en la casa cural, a muchas cuadras de distancia sobresaltando el sueño tranquilo del padre Pedro.

El entierro del muchacho fue la mañana siguiente. Acompañada de los vecinos y los amigos del muchacho, el sencillo féretro desfiló por la calle del pueblo buscando la salida del cementerio. El cementerio del pueblo tenía una entrada sumida en el olvido. El arco de hierro bajo el que colgaba un enorme portón abatible de dos hojas tenía bordado con letras de hierro el rótulo en latín de la esperanza: Letum non omnia finit, esperanzadora promesa de todos los humanos.

No se escuchaba nada, solo el crocante sonidos de los pasos machacando las hojas secas de los naranjos. Y a lo lejos el canto triste de los pájaros y luego la lluvia. La lluvia de tres días que comenzó a caer justo después de que le habían dejado caer la última palada.

Todos corrieron buscando el abrigo de los árboles, pero se fueron caminando tristes y resignados cuando comprendieron que aquél sería otro temporal inacabable. Apenas y se miraba gente caminando en el pueblo. Los perros no ladraban porque preferían gastar sus mínimas energías en otros menesteres más provechosos. Hasta que la lluvia pasó. Y la vida siguió su curso.

18.

Yo quiero tanto a Glenda

Descubrí tus cabellos enredados y llenos de rayos luminosos en medio de una tarde lluviosa de septiembre. Soñaba Larreynaga con la liberación de su patria y los versos de Whitman no contaminaban mis neuronas de estudiante precoz en esos días.

No había leído a García Márquez y la Rayuela no era motivo de mis juegos a encontrar los capítulos siguientes en las noches lluviosas de Masatepe. Es por eso, quizás, que mi pureza de corazón logró ver a través de tus ojos grandes y tus pecas presentes en tu rostro de sublime belleza. Al llegar a casa descorché una botella del vino de Mendoza y recordé tu nombre. Lo asocié inmediatamente con el libro de Cortázar que todavía no había leído y pensé en las cosas que debí decirte antes de que cambiaras el cheque en la caja diferida del banco. ¡Qué lugar para conocer mujeres!, pensé para mí mismo. Porque yo ya lo sabía. Sabía que no te importaba el dinero más que para lograr la independencia anhelada de tu familia. Trataba de encontrar las palabras adecuadas para forjar algo digno de ti. De tus cabellos rizados que tapaban por completo tu rostro de escultura griega o romana. Tu nariz y tus labios gruesos y deseados por tantos estudiantes de la secundaria. Posiblemente el trago de vino no fue suficiente para llamar la atención de las musas.

Miré tus piernas a propósito. No puedo mentirte al respecto. A través de tu pantalón de gimnasio pude apreciar la buena definición de tus músculos y tus nalgas. Pero no pensaba en eso. Pensaba en ti, vestida con un traje negro y escotado. Caminando conmigo, un poco más viejo, y un poco más tranquilo. Caminando felices a una cena de gala. Pero luego despierto. Dos puestos avanzados y yo pensando en tonteras. Entrelazamos miradas y siento la piel como de gallina. No puede ser otra. Pienso en el cartel y llego una y otra vez a la misma conclusión. Aunque el anillo en el dedo anular de tu mano izquierda me hace pensar que no es cierto. No puedes ser soltera. Sería demasiado bueno como para ser verdad. Te imagino de nuevo envuelta en mis sábanas revolviéndote conmigo en una noche lluviosa y fría y sin final. Descubriéndonos el uno al otro y comiéndonos a besos. Mis labios gruesos con tus labios sabrosos y jugosos. Me veo a mi mismo quitándote el sostén a duras penas. Tiritando lentamente mientras siento en medio de tanto frío un calor que me asfixia y me sofoca. Veo tus nalgas, y más allá tus medias y tus uñas pequeñas bien pintadas con tonos rosas. Apenas y me ves y sabes que te deseo. Y tú también lo sabes, porque también me deseas en silencio. Y lo que piensas claramente lo puedo distinguir en medio de la neblina circundante. Como en un filme de aparecidos, una bruma nocturna rodea mi cuerpo y el tuyo sin pereza. Las luces apenas iluminan nuestros cuerpos desnudos y recién descubiertos para el otro. Curioso, toco lentamente tus senos y las aureolas erectas de tus pezones que sueño secretamente que han de alimentar a mis hijos en un tiempo. Tus brazos y tus piernas. Tus ojos sin comienzo ni fin que me ven como a alguien a quien no puedo describir. Me veo reflejado en tus pupilas. Saboreo la vida entre tus labios. Discrepo de las nubes que ahora llueven y sueño en el momento mismo en que te miré por vez primera. Tú esperabas tu turno en la fila de la caja diferida del banco. Miré con disimulo tu reloj (yo ya no usaba relojes en ese tiempo) y me di cuenta de que eran las cinco y veinticinco. "Tarde" pensé en decirte, pero mis labios no pudieron articular palabra. Ya varias veces he sabido que es la mujer correcta ante la que estoy porque mis neuronas enloquecen, mis moléculas se agitan y mi campo gravitacional se desequilibra ante la presencia de la masa corpórea que me iguala y complementa. Mi alma gemela.

Yo no he sido de la idea de que exista solo una. Pienso que existen varias y que varias veces en la vida la contemplamos de cerca. Tenemos la oportunidad de contactar con ella. Lo sabes porque simplemente no puedes negarlo.

Yo no pude negarlo. La asocié con los pelos alborotados y locos de la Gioconda Belli. Y nos imaginé en medio de una guerra, con las armas escondidas en cajas de galletas de animalitos. Manejando a medianoche a la frontera sur, como sacados de los personajes de un libro de Pedro Joaquín.

Te imaginé como la Maga, caminando con Oliveira por las calles del París invernal que debía estar haciendo en estos meses. Y entonces yo era Oliveira.

Te imaginé de nuevo envuelta en las sábanas nupciales de mi noche de bodas. Y pude verte en diez años soñando con mis labios. Y vos, vos eras la Maga.

19.

Uno de Arqueólogos

Esa mañana amaneció con un dolor en la nuca y en la espalda. Pensó en las largas horas que había dedicado las últimas semanas al arduo trabajo de las excavaciones y en sus sueños de grandeza. Se imaginaba dando charlas en conferencias y a multitudes de periodistas entrevistándolo y preguntándole el más minúsculo de los detalles del descubrimiento más grande de todos los tiempos modernos. Y luego pensó en el maestro Buitrago. En sus largas barbas de Profeta Bíblico y sus gruesos anteojos de culo de botella y su mirada buena y su sonrisa afable. En la paciencia que le había tenido y todo lo que le había enseñado a lo largo de los años. Y en su lecho de muerte. Y en cómo le había sostenido la mano tambaleante mientras se le escapaba el alma del cuerpo. Y luego el gorgojeo de la muerte con su presencia obscura. Tino había sabido de alguna forma que no lograba recordar, la forma curiosa en que había descubierto que quería ser arqueólogo, había sido una tarde lluviosa en que, junto con su novia de entonces, Luris, fue a visitar a la Nigromante por vez primera. La vieja le había dado claras instrucciones para cortar el mazo de cartas en tres partes más o menos iguales y de ahí habían salido una a una las respuestas a las preguntas que tenía. En ese entonces la agenda era de Luris, que lo había arrastrado hasta la pequeña sala de la Nigromante con sus olores a sándalos y a inciensos de la India para saber si eran almas gemelas. La respuesta de la maga había sido inequívocamente deleznable. Una niebla ocultaba las verdaderas intenciones tanto de uno como del otro y por lo tanto había que dar tiempo al tiempo para que cada uno de ellos se mostrara al otro vulnerable y desarmado. Su respuesta, más enigmática que los cuneiformes grabados en las pirámides de los egipcios había sido: "Tu camino te llevará a través de los caminos de la historia".

Habían pasado ya casi diez años de aquella primera visita a la Nigromante y ahora, sin recordar del todo porqué, había pensado en ella y sus atuendos cargados de piedras mágicas y humos alérgicos. Sobre todo, después de que, con la brocha, había terminado de escarbar de entre las cenizas y el lodo viejo, aquél misterioso objeto. "Estos seres antiguos, -había concluido para sí mismo repitiéndose poco a poco y con medida cada una de las frases que conformarían parte de su discurso- habían sabido lo que era vivir en sociedad, aunque habían perecido sin duda alguna a causa de la guerra".

Con la Nigromante había llegado a descubrir que su destino se hallaba escarbando el pasado siguiendo los pasos del viejo maestro Buitrago. Al menos para él, esa parte del mensaje había mostrado una certidumbre inequívoca desde el recuerdo lejano de aquel día lluvioso de hacía tantos años. Su camino era el mismo camino de la historia. Mil veces más claro que algún futuro viviendo junto a Luris y sus batidos verdes de sabores innombrables y sus caprichos de niña rica. El viejo maestro, por otro lado, había escuchado sus temores y sus miedos, sus anhelos de éxito y fama y sus viejos horrores de la infancia. Tino había logrado ubicarse como uno de sus alumnos favoritos y ahora, vislumbraba bajo su sombra, el anuncio del enorme descubrimiento al mundo entero.

Con su equipo de genios de los tres continentes, había logrado conseguir más financiamiento para terminar las excavaciones del nuevo sitio y tenía ya cumplida su teoría. Y se repetía una a una las oraciones que formarían parte de su discurso de presentación. El primer indicio había sido encontrar los restos de sus casas. Bajo las profundidades del mar habían encontrado restos de una escultura con forma rara. Pensaron que se trataba de una forma extraña con extremidades diferentes a las suyas. Una cabeza diferente a la suya. Seguramente una dieta diferente. Pero poco a poco habían ido deshilachando la madeja confusa de todos aquellos elementos para encontrarse al fin con la historia completa. Con el panorama justo que ahora podía compartir con los otros. Esta había sido una sociedad compleja. Había habido patrones y empleados y millonarios y pobres, y gente inteligente y gente no tan lista. Brutos o embrutecidos se decía a sí mismo. Pero lo más probable era que eso nunca se supiera del todo. No habían encontrado glifos, pero algo le decía que debían de haberse comunicado de algún modo. La comunicación era uno de los elementos principales que mostraban si había existido algo que podría denominarse una sociedad. Y estos habían trabajado de forma coordinada y sostenida por mucho tiempo para que hubiese sido posible construir algo como lo que podía entreverse entre aquellos restos. Habían dominado el arte de la producción de algunos materiales. Y el acero. Y los pernos. Y los metales fundidos de la soldadura. Y la argamasa con la que habían fundido los pisos de esos edificios. Y el cristal. Es decir, tan torpes no habían sido. Pero también habían fenecido irremediablemente a causa de algún misterioso evento. No había negado la posibilidad de un meteorito. Un disparo de nieve. Un cambio repentino y violento en los campos magnéticos del planeta. Se preguntaba si habían huido al fondo marino o a algunas cuevas aún no descubiertas, intentando escapar de alguna terrible peste. O si algunos de ellos habrían logrado alcanzar a sobrevivir con su especie en algún lejano planeta habitable.

Eran tantas cosas resonando como chischiles alborotados en la cabeza de Tino. Metido en aquella oscura cueva, como lo estaba ahora, sintiendo a veces como se le dormía la cola, una incomodidad en su pata derecha por estar tanto tiempo en esa incómoda posición que favorecía una mala circulación de la sangre. Reacomodándose los anteojos mientras quitaba, delicadamente los restos de acero chamuscado de eso que había sido una ciudad. Ese espacio que había sido, seguramente la habitación de alguno de estos seres bípedos, pequeños y pensantes que se habían acabado a sí mismo de alguna forma que era aún incapaz de poder explicar. Ese era el punto más difícil. Poder explicar esto a las masas. Al público. A los lectores y al público de la conferencia. ¿Habían sido superiores estos seres? ¿O inferiores? Algo en su interior le decía que eran, obviamente inferiores, sino por qué no habría algún sobreviviente y porqué entonces ellos eran los seres más avanzados del planeta, la especie dominante durante tantos siglos. Pero otra parte dentro de él pensaba en que, si ellos eran los nuevos líderes, entonces cuáles eran los errores que debían evitar cometer para tener el mismo destino de esos que ya no existían más. ¿Que podrían aprender de esos pequeños seres ya desaparecidos?

Esa noche tuvo una de sus repetidas pesadillas. Era uno de ellos. De los pequeños seres bípedos, torpes, atorrantes. Caminaba hacia un balcón de un edificio que parecía enorme al contrastarlo con su tamaño. Abría una de las grandes ventanas de cristal y se sentaba a contemplar una preciosa puesta de sol. Del este, el Sol Rojo se ponía tan rápido, que apenas y era posible voltear 35 grados al norte para contemplar la más lenta puesta del sol del Brillante Amarillo. Una terrible sensación de estar contemplando el fin de sí mismo le incomodaba de tal manera que no fue una sorpresa sentirse, de repente, corriendo hacia el núcleo de los ascensores y bajando con un mar de otras gentes que nunca había visto pero cuyas caras parecían irremediablemente atadas a su mismo destino. Y luego la oscuridad. No había podido explicarse cómo pero así había acabado. Sentía un peso tan grande sobre sus huesos que le era cada vez más difícil el mero hecho de poder respirar. Y despertó sudoroso. Encendió la luz amarilla de la mesa de noche y se asomó hacia el reloj de la cocina para ver que daba apenas un cuarto de hora pasado de las tres. Tres horas más para levantarse, y para irse al trabajo, a seguir en la cueva. Se sentó en su escritorio a escribir su sueño y empezó a leer los otros sueños que le habían interrumpido el descanso en los últimos meses. Había ciertos patrones que no dejaban de sorprenderle. Algunas escenas mostraban ese otro mundo de modos distintos. En una ocasión había sido incluso una hembra de esa especie. Se había visto reflejada en el vidrio al salir caminando hacia el balcón. Uno de los soles era más púrpura que rojo y cuando bajaba por las escaleras era incómodo caminar con sus zapatos de hembra. Luego, en otro de los sueños, había sido un niño. Había sentido el miedo en los ojos de los padres que lo sacaban al sentir la primera explosión. Había sido un ruido ensordecedor. Tan intenso y profundo que todo se había sumido de repente en un silencio profundo. Como en una película muda. Cada frame tardando más de lo esperado. Ralentizando el proceso. Poco a poco hasta despertar.

Una mañana más, y ahora se disponía a revisar la presentación para su charla ante la gran audiencia cuando sintió un aguijón en el pecho. Despertó pasados quien sabe cuántos minutos, en el cuarto de siempre. Era él mismo de nuevo, pero también distinto. Ya no era el jovencito ansioso de aprender los detalles del arte de descubrir cosas nuevas en lo viejo. El viejo arte que había aprendido a lo largo de años bajo la tutela del maestro Buitrago. Ya ni si quiera existía ese viejo maestro. Había sido testigo de su último suspiro mientras sostenía su arrugada mano entre sus propias manos de joven y curioso dinosaurio. Sentía como plomo, el peso del destino en cada decisión que tenía que ver algo con el famoso discurso que tendría que dar. Explicarle a la audiencia lo que había pasado con estos antiguos seres era como una gran responsabilidad. Los hechos que ocurrían en el mundo actual reflejaban que quizás la historia se repetía sin cesar hasta el cansancio. Y sin importar si eran esos pequeños seres o estos seres nuevos que eran ellos, siempre la mayoría repetía los mismos errores. Siempre había injusticias, unos iluminados y otros oscurecidos, circunstancias oscuras conviviendo con las luminosas estrellas del *fashion* y los *celebrities*. Tino sostuvo en sus manos la pequeña grabadora de mano y continuó practicando su discurso: "Estos pequeños seres, que hemos llamado bípedos implumes, crearon sociedades y alcanzaron un desarrollo muy grande. Crearon culturas. Aunque hay muchas cosas que aún no conocemos: por ejemplo, su forma de comunicarse, su lenguaje. No hemos encontrado runas, ni piedras que muestren registro escrito alguno, ni historias grabadas en argamasa hornada. O ellos fueron capaces de inventar otras formas distintas de conservar la historia, quizás en elementos más resistentes o, al contrario, sistemas más perecederos que no lograron sobrevivir al paso del gran diluvio o que se perdieron con el paso irremediable de los siglos. Lo que nos queda claro es que ellos mismos se mataron de algún modo terrible. Pensamos que crearon muchas guerras. Por motivos aún desconocidos que pensamos tenían algo que ver con trifulcas de poder por recursos naturales, por silicio, por tesoros o por poder, llegaron a matarse uno a otros, inventando formas cada más vez complejas y terribles para causar más bajas a los bandos enemigos. Hemos encontrado restos de armas hechas con metales, restos de armas hechas con madera, restos de armas hechos con rocas, restos de armas de destrucción masiva hechas con líquidos manipulados genéticamente, restos de armas que empleaban cosas aún más sofisticadas, modificando metales, creando mucho calor que era tan grande que ¡era capaz de derretir incluso a las ciudades mismas! Así, un día, sin vislumbrar más motivos que los que ya he contado, según las pruebas que hemos podido descifrar, decidieron acabar con todo de una vez por todas. Presionaron los botones y se dispararon armas tan poderosas que unas cuantas explosiones en un lado y el otro acabaron con todos. Así pensamos que debe de haber ocurrido. Todos los restos que hemos encontrado son más o menos de las mismas fechas y aunque su civilización debió haber durado unos tres mil años, todo se definió rápidamente en menos de 100 años. Muchos de sus grandes logros son aún desconocidos para nosotros porque no hemos podido encontrar ningún resto que muestre que conocieran de algunas de las cosas más hermosas como el arte o la música o una buena comida o algo que todos apreciamos ahora como una buena siesta. Hemos encontrado restos de plásticos que son réplicas de sus armas, pensamos que eran usadas para entrenarse en el arte de la guerra. No hay ninguna estela con historias de sus héroes. Aunque hemos podido desenterrar los restos óseos de animales que no conocemos. Pensamos que se trata de animales extintos. Quizás animales que adoraban. Quizás animales que estos bípedos pensaban que eran los creadores originales de la Vida, o tótems de los dioses. ¡Hemos llegado a pensar que quizás eran animales que ellos mismos comían! Mi equipo y yo lamentamos no poder dar más detalles al respecto. Lo que nos gustaría decir, para finalizar con esta presentación, es que pensamos que estamos repitiendo su historia. Y que aún estamos a tiempo de cambiarla. Si seguimos así, podríamos ser nosotros a los que terminen descubriendo en cien mil años. ¿Se imaginan ustedes? Un ser diferente a nosotros descubriendo mis huesos o tus huesos, entre el barro o la lava. Imaginándose lo que habríamos pensado en este ahora".

La multitud de periodistas en profundo silencio. Así lo imaginaba. Una que otra lágrima recorriendo las escamas de la cara. Y luego el silencio. Y una risa a lo lejos. Y más risas juntándose poco a poco, y luego más risas de niños y de jóvenes y finalmente la risa de los adultos. Una risa tan fuerte y estridente que de pronto todos reirían juntos para siempre. Y sería ese el principio del fin de todo lo conocido hasta el presente. Incluso de sí mismo. El gran científico, Tino, muerto de risa luego de un brote colectivo de ese virus mortal. Todos los demás, evitando ver los videos del evento para no contagiarse. Los visitantes evitando llegar a las ruinas descubiertas para no ver nunca más la fuente de los males.

Tres mil años después una civilización distinta proveniente de otro mundo habitado o del mismo planeta, excavando una zanja o construyendo un rancho estaría encontrando unos huesos grandes y fuertes y empezaría a preguntarse si serían los huesos de un mítico animal antiguo: un dragón o peor, de un mítico dinosaurio del que cantaban los antiguos sabios. O de un antiguo dios. O de algún ser brillante proveniente de otros mundos lejanos. Empezaría de nuevo la historia a repetirse. Irremediablemente.

20.

El rastro de tu sueño en Alaska

Anoche desperté a la una de la madrugada pensando en Nena Daconte. En la blanca nieve y en su dedo goteando una sangre tan roja, pero tan roja, que convertía toda la nieve alrededor en una enorme mancha rosada que se extendía, lentamente por un ancho infinito. La mente tiene tantos vericuetos que no sé todavía por qué pensaba en Nena Daconte. Quizás porque relaciono de algún modo, al personaje del cuento del Gabo con el frío de Alaska. Recordé entonces, de golpe, el sueño tuyo. Ese sueño que tuve y por el que me desperté a esas horas de la mañana. Pensé que debía haber sido por la diferencia de horarios. Más de alguna vez me llamaste a esta hora y hoy, esta madrugada, sentí que otra vez me llamaste. Siempre me contabas tus historias, me mostrabas tus proyectos y me sumergía, como los otros, en tus propios pensamientos, tus preocupaciones, tus sueños.

Hace varios años nos encontramos en Masatepe y ahí, en lo que los locales llaman "los fríos de diciembre", me contaste tu historia mientras tomábamos unos tragos de Habana Libre. Era una vieja botella que había tenido guardada muchos años esperando un acontecimiento especial. "La Vida es hoy", te dije, y abrí la botella sirviéndote generosamente en un vaso de vidrio que, según mi madre, fue parte de su regalo de bodas. Ahí me contaste la historia. La historia que te había llevado del pueblito de Matagalpa a las calles de la Pequeña Habana. Te conté la historia de cuando anduve en el original Vedado y en la Quinta Avenida y en la imagen borrosa de una medianoche en que pasamos en un taxi y el *Indio* me dijo que esas mujeres hermosas que nos hacían parada en el sopor del verano del caribe eran las famosas jineteras. Y te reíste hasta el cansancio, con esa risa que tenías tan dulce y profunda de tenor italiano. Mi hermana siempre dijo que eras como el artista de la familia. Con ese porte tan tuyo, tan lleno de garbo y de elegancia. Te imaginé llegando a la secundaria y haciendo amigos, y llegando a esa primera reunión de la FES para hablar de las teorías de Marx y de Engels y de los sueños de adolescente que compartías con otros, de derrocar a Somoza. Decenas de niños apenas saliendo de la adolescencia, guardando armas en medio de los sacos de maíz y de frijoles de la abuela. Y sacos de armas amarrados ingeniosamente, metidos en el hoyo del escusado de la casa pastoral de Nagarote. Tantas cosas que me contaste. Pero recuerdo que me dijiste que si una vez lo escribía tenía que pagarte derechos de autor con una carcajada sonora. Esta madrugada, me despertó un sueño. Te pedía permiso para contar la historia y me dijiste con tu risa de siempre que la historia era mía y que lo había sido desde siempre, pues me la habías dado esa tarde de lluvia de hace tantos años en Masatepe, junto a la sopa de albóndigas de gallina del patio y que mi deuda, había sido saldada con aquella vieja botella de ron cubano que guardé por más de diez años en que fui abstemio total.

En esos lejanos tiempos de la historia del terruño, una gran ola de jóvenes salió huyendo en búsqueda del Sueño Americano. La economía en el paisito era terrible. Había un sentimiento de desilusión generalizado después de la reelección del ochenta y cuatro. Edén se había reorganizado con sus muchachos en el norte del país y al otro lado de la frontera. Muchos jóvenes eran sacados de las aulas universitarias para cumplir con su obligación de defender la patria. Eso era lo que nos decían. Y volvían envueltos en bolsas plásticas, las cajas de madera forradas con la bandera del partido. En más de una ocasión, me despertaba el sonido de la camioneta ambulante en el sopor de la madrugada interminable. Anunciaba la muerte de algunos de los jóvenes de manos del imperio. Así lo decían. Un héroe más. Un hermano menos.

Tu tenías entonces ya en tu memoria los recuerdos de los enfrentamientos de tu servicio obligatorio. Habías regresado después de dos años de cargar fusiles y comer monos en la montaña y tenías ya dos niños pequeños. Y sin trabajo. Ni esperanzas de uno. No sé en qué condiciones, pero te uniste a unos amigos y emprendiste tu viaje, acompañado de unos pocos pesos y cargando un saco de ilusiones. Pasando fronteras poco a poco llegaste a crear esa tribu con la que llegaste al norte. Eran varios muchachos silvestres, me dijiste mientras te pasabas el tercer trago de Habana Libre. Pensé, no sé por qué, en el mojito aquél que probé en la Bodeguita del Medio en la vieja Habana de mis recuerdos. En las firmas y en los retratos de tantos artistas famosos. Recordé el retrato de Cantinflas y aquél otro de Graham Greene y más allá del inconfundible Hemingway con un gran puro entre los dedos. Llegué a imaginar al autor del Viejo y el Mar escribiendo el mítico mensaje con un grueso marcador en su mano: *"My mojito in La Bodeguita, My daiquiri in El Floridita"*, un ruidoso Son cubano de fondo, cantado por una vieja de voz descomunal acompañada de tres músicos de otro mundo. Qué bonito que hubiera sido viajar contigo a la Habana, caminar por Cienfuegos y platicar con aquella familia que me había confundido con el hijo al que no habían vuelto a ver jamás, el que se había ido a perseguir su sueño americano remando una balsa hecha de viejos neumáticos de tractor. Comer arroz con gris con un puerco asado por las propias manos del padre de Calixto en Santa Clara. Tomarnos una foto con el niño de la Bota y mirar la estrella brillante en el mausoleo del barbudo argentino que no llegó a morir de viejo.

Me contaste que uno de tus acompañantes era hondureño y el otro salvadoreño. Y que los habían regresado varias veces de la frontera mexicana. Se habían aprendido la letra y la música del himno de Guatemala porque si les preguntaban que de dónde eran, repetían al cansancio que de Guatemala y cantaban el himno y repetían una y otra vez que eran chapines, hasta contaban chistes de Velorio y decían que tenían que llegar hasta el imperio para poder mandarle plata a los patojos. Si decían que eran de algún otro país más del sur, el siguiente intento se tendría que reiniciar algunos cientos de kilómetros más al sur, lo que no era la mejor de las ideas para ninguno.

"Ave indiana que vive en tu escudo,
Paladión que protege tu suelo;
¡Ojalá que remonte su vuelo,
¡Más que el cóndor y el águila real!"

Cantaste al final del tercer vaso del añejado líquido cubano y me seguiste contando tu historia:

"Para las fiestas patrias decidimos pasarnos a México otra vez y esta vez logramos llegar hasta Veracruz. Todo iba bien hasta que uno del grupo, que ahora se había reducido a solo tres miembros, tuvo la brillante idea de orinarse en una glorieta, con tan mala suerte, que en el justo momento en que se bajaba los pantalones, una patrulla de la policía pasaba justo enfrente. Nos llevaron detenidos a una prisión y nos tomaron fotos con una pizarrita negra colgada del cuello con nuestros nombres y números de prisioneros. El amigo salvadoreño cayó preso en los brazos de cupido cuando se unió en nuestra celda común una despampanante rubia platinada que vestía un apretado vestido rojo, hasta que de sus labios rojos salió una poderosa voz de tenor que retumbó en aquel salón con la potencia de un viejo Caruso. Unos días después, cuando nos liberaron de aquél penoso lugar, logré ver la foto impresa en las páginas de El Dictamen, una página que conservé por muchos años, ya amarilla, doblada en mi cartera, para recordarme todas las penas y angustias que pasé para poder llevar a vivir mi sueño.

Luego de unos días en esa prisión nos trasladaron a una celda común, mezclados con presos de delitos comunes, asesinos, violadores. Las pláticas fundamentales eran para compartir cual había sido el delito por el que habían llegado a la cárcel y unos contaban que llevaban ya quince años ahí, por haber cometido algún crimen a sangre fría. Pasamos varias semanas hasta que juntaron suficiente cantidad de gente como para que valiera la pena alquilar el viejo camión en el que nos devolverían deportados.

Llegamos a Guatemala nuevamente y ahí, luego de declararme oficialmente en bancarrota, decidí llamar a mi hermana para que me enviara algo de dinero. Unas pocas semanas después, un poco más descansados y con seiscientos dólares en los bolsillos, fue menos complicado reiniciar la travesía.

No tuvimos que repetir la penosa experiencia del primer viaje, cuando tuvimos que pedir varias veces en las casas por algún mendrugo para poder comer. Ahora llevaba algo de dinero y me había animado a reiniciar el camino acompañado solo con mi amigo compatriota. Solo éramos dos y teníamos un poco más claro con lo que nos encontraríamos aparte de tener un poco más de soltura con el dinero prestado de mi hermana.

Poco a poco, tomando buses que recorrían largos trayectos logramos llegar hasta la metrópoli mexicana y después de descansar del largo trayecto en un pequeño hospedaje cerca de la estación de trenes, logramos conseguir un par de boletos para Saltillo. Ahí unos federales nos identificaron como gente sin papeles y nos obligaron a pagarles en pesos el equivalente a ciento cincuenta dólares. El federal tuvo compasión de nosotros porque había escuchado historias de otros a los que habían dejado sin un centavo. Nosotros tuvimos suerte.

Recuerdo el polvazal constante en aquél interminable viaje por México hasta que llegamos a una enorme ciudad llena de luces y edificios brillantes: habíamos llegado a Monterrey.

Encontramos un refugio de indocumentados y era una casa de albergue católica donde había una familia de nicaragüenses, ahí nos juntamos varios, hicimos una colecta y éramos como quince personas que juntaron dinero para que un coyote nos pasara al otro lado. Unos pusieron cinco dólares en el gran sombrero que servía de cepo, otros diez dólares, así, entre todos, logramos juntar el equivalente a unos setenta dólares americanos. El coyote parecía apenas satisfecho con la colecta y prometió que amaneceríamos todos del otro lado de la frontera, donde los sueños son posible algún día. Nos fuimos de tres en tres, en una buseta nos montamos, mujeres con niños de pecho, hombres, jóvenes tatuados y una pareja de ancianos. Llenamos el microbús que nos llevó por un camino lleno de agujeros que hacían saltar hasta que llegamos a un viejo cementerio, la emoción estaba a tope y caminamos todos en fila, uno tras otro, sintiendo la respiración agitada del otro hasta que pasamos unos zacatales y logramos vislumbrar la ribera del Rio Grande. El coyote coordinaba el trabajo con otros tres hombres que sacaron de entre un escondite en medio de los matorrales cinco grandes neumáticos negros que ya estaban inflados, esperándonos para ayudarnos a pasar por la brava corriente de aquel río. Nos dijo que nos quitáramos la ropa y la guardáramos en unas bolsas plásticas junto con los zapatos. Y así, uno a uno nos fuimos acomodando en la orilla del río, agarrados a como pudimos a aquellos viejos neumáticos negros. Encubiertos por aquella fría noche sin estrellas en que logramos pasar. No era un río inmenso, pero yo sentí que aquello duró toda una eternidad. Las mujeres en el centro de los neumáticos y los demás, rodeando a como podíamos el gran neumático, íbamos sorteando poco a poco la fuerte corriente de aquellas aguas.

Al llegar al otro lado, llegamos a un inmenso campo verde. El coyote nos apuraba a cara rato "órale, órale, ¡órale!". Escuchamos el ruido de un avión y sentimos un terrible pánico ante lo desconocido. "es una avioneta de fumigación!, ¡órale!, ¡vístanse rápido que pronto nos esperan!"

Había un campo arado inmenso. ¡Nos vestimos y nos decía "órale, órale!". Caminamos a través de aquél inmenso campo hasta llegar bordeando a una pequeña gasolinera. Ahí, uno a uno fuimos saliendo de la espesura del sembradío y nos metimos en taxis. Empezamos tratando de encontrar lugar en un albergue, pero en Casa Romero ya no había lugar para ninguno de nosotros. Tuvimos que acomodarnos en unas tiendas de campaña y en pequeñas chozas construidas con trozos de cartón. Ahí esperamos el año nuevo mientras terminamos de hacer nuestros papeles. Pasamos como trece días ahí pasando penurias, sin ninguna pertenencia, sin ropa, sin nada. Ahí me separé de mi camarada de viaje para seguir cada uno con su propio sueño. Yo logré conseguir un pasaje para el Greyhound y así, llegué a Houston.

Recuerdo vagamente algunas de las ciudades Corpus Christi, Houston y luego un sueño pesado me cubrió lentamente por muchas horas hasta que logré recuperarme de ese cansancio profundo que llega luego de que has pasado por tantas cosas en tan poco tiempo. Así, llegamos a Miami. Luego a buscar trabajo y empezar una vida nueva."

La botella del Habana Libre, ahora triste y vacía nos contemplaba en silencio mientras una fría lluvia caía ruidosamente en el viejo zinc de la casita de Masatepe. Todo parecía tan lejano y distante y descolorido, como pintado en sepia.

Muchos años después pude viajar a conocer tu covacha en Alaska. Era un pequeño contenedor que habías remodelado a tu gusto y antojo y habías forrado con un inmenso mapamundi. Ahí, me habías mostrado una vieja Biblia que había sido tu compañera de viaje a través de varias fronteras en aquél lejano viaje para llegar a tu sueño americano. Me contaste que la primera vez que habías llegado a México, en un viejo refugio para inmigrantes habías dejado, sobre un antiguo ropero, una bolsa plástica con tu Biblia, un rosario, dos camisetas viejas y un viejo pantalón azulón que había sobrevivido desde tu lejana vida en Managua. Lo habías dejado ahí diciéndole al encargado que lo guardara mientras volvías de nuevo. "Lo pasaré recogiendo la próxima vez que venga", le dijiste. Y pudiste cumplir con tu promesa luego de aquellos meses de cautiverio en la cárcel con aquella parvada de presos comunes. Cuando te deportaron de regreso a Guatemala y pasaste por última vez por toda aquella travesía, tus pasos te llevaron nuevamente al viejo refugio y habías encontrado, en el mismo lugar en donde meses antes la habías dejado, la vieja bolsa de plástico rosado con la Biblia y el Rosario. Dejaste las camisas y el viejo pantalón para quien pudiera usarlo y el libro sagrado estaba ahora ahí contigo, en tu vieja covacha en El Camino, la calle en la que vivías ahora. ¡Qué gusto que me dio ir a pescar contigo esos grandes salmones que brincaban contracorriente en aquél ancho y frío río de Alaska! Que gusto que me dio estar contigo antes de que se nublara tu mente y el repentino golpe de la guadaña te cegara los ojos. Antes que decidieras dormir tu sueño en Alaska para siempre.

2.

Cinco poemas nuevos
y no tan nuevos

1.

Three Poems After Czeslaw Milosz

I

No memory is preserved about anything that would be ours for certain.

Czeslaw Milosz

Hoy conocí a este poeta famoso, checo, creo

Que escribió estas sabias palabras

Ninguna memoria se preserva sobre

Nada que sea nuestro de hecho

Porque si es mía la vida (que no es mía)

Qué haré diariamente para conservar mi recuerdo

De este instante

De este momento minúsculo y supremo

En que, sentado al borde de una silla

Tecleo con las puntas de mis dedos

El deseo, la esperanza

La búsqueda eterna de encontrarte

En cada nuevo día

Mi anhelo, mi deseo

Es encontrarte oculta tras los arbustos

Esperando que no te encuentres, *by chance*,

Con un palo de chichicaste

Y que sientas el ardor de su veneno en la blancura de tu piel...

Para qué preservar más allá del momento este momento

Este anhelo

Este deseo

El Rastro de tu Sueño en Alaska

Esta mi búsqueda de ti

En carne y hueso

En verbo

En aire, en sol y viento

E ignorar de momento

Que el causal de tanto desconsuelo

Siempre has sido tú.

II

Długie lata nie godziłem się na

miejsce w którym byłem.

Zdawało mi się, Ŝe powinienem

być gdzie indziej.

(For years I could not accept

the place I was in.

I felt I should be somewhere else.)

Czeslaw Milosz

Contrario a lo pensado por muchos pensadores

Filósofos y catedráticos universitarios

Contrario a lo que dicen algunas veces estas líneas

Que anoto confundido, inexpresivo el fondo de mis
ojos,

Como instrumento solamente de todo este otro mundo

El Rastro de tu Sueño en Alaska

Lleno de sensaciones inacabables y placeres
endemoniados

Debo decir que siempre me he sentido como Misloz

Desubicado a veces, no he sentido placer en mis
palabras,

Mis sentidos se equivocan de paisaje

Y siento primaveras en el bochorno del calor estival

Y copitos de nieve formando figuritas que respetan la
divina proporción

En el cristal de mi ventana, que en realidad

Está llena de lodo y tierra e inacabable mugre herrumbre

Restos de camino de comejenes y de versos y de sueños

Es cierto, he de admitirlo sin temores ni resentimientos

Ha formado parte de este pasado exiguo que detesto a
veces

Y contra el cual conspiro por las noches con una o dos
copas de vino

Me he soñado caminando en unas calles diferentes de
estas calles

Viviendo cosas muy diferentes de estas cosas que contemplo

A veces con pesar en los imanes del refrigerador

Leyendo páginas distintas a estas páginas mías

Y ajustando monitores diferentes a los monitores que me rodean

Irremediablemente, ocultos, misteriosos, candentes

Instantes de un instante diferente del instante en que pervivo

Me declaro culpable, anatema yo he sido

En ciertos instantes minúsculos de tiempo

En esos mismos en que veía el rostro de mi padre alejarse en la distancia

Y tu cuerpo subiendo a un avión que te llevaría a mil millas de mí

En ese instante del contacto apenas perceptible de la muerte

En ese suspiro al sentir el ambiente contaminado con el perfume de tu esencia

El Rastro de tu Sueño en Alaska

En esos segundos que rodearon el instante en que la
sensación del hambre merodeaba

Cuando peleaba irremediablemente con los acordes de
mi guitarra

He sido culpable de olvidar y olvidarme y olvidarte

¿Mas que será el olvido sino la ausencia presente del
recuerdo?

Me he soñado distinto, es cierto, mas, ¿quién no ha
soñado distinto?

Me he soñado distante, mas, ¿quién no ha soñado ser
otro?

Me he soñado presente, omnipresente, cercano y alejado

Mas, ¿quién no se ha soñado presente en el presente del
pasado?

En el lugar deseado por esa otra persona

¿Quién entonces ha de arrojarme la primera pedrada

Y romperá de un tajo el cráneo corpóreo que se oculta
cobardemente

Tras mis carnes?

Presencia constante de la muerte escondida detrás de
mis dientes y mis labios

Irrevocable destino, fugaz y brillante, apenas visible tras
las negras cortinas del olvido

Temo a veces más que la muerte, la locura

La perdida pérdida del instante presente

De encontrarte en el medio de la gente

De diferenciarte, de apreciarte, de sentirte

De intuirte, misteriosa y callada detrás de los acordes

De la iglesia, la guitarra, la batería y los sones de pascua

Deseara sentir en mi piel el calor impregnado del odio de
esa piedra

De esa primera piedra acusativa

Cruzar mis venas y mis sentidos como bala candente

Atravesar mis pensamientos más privados

Donde se mezclan el miedo y el deseo de todo lo creado

Mis sueños, mis promesas y mis versos

Mis procedimientos ensimismados

El Rastro de tu Sueño en Alaska

Y el origen de mis suspiros olvidados

Sentir correr la sangre unos segundos antes de caer al
suelo

Por mi frente y mi cara que asoma sus ya primeros
surcos

Envuelto en pedradas miles ya me siento

Culpable de desearte en otro instante

En otro tiempo en otro cuerpo

En otro mundo

Diferente del mío.

III

What did you find in her, Mister Hanusevich

That you got so romantic? Always pretending,

Perhaps you adorned her with your fantasies.

Czeslaw Milosz

Estas palabras sabias de Milosz se cruzaron con otras

Que leí un día de estos del padre Di Mello.

Decía el padre que el problema es que somos egoístas en todo

Hasta en el punto de llegar al extremo de imaginarnos la manera

En que las otras personas deberían de comportarse y ser

Porque idealizamos a las otras personas

Y resulta que nos envilecemos

Porque pensamos que son de una manera que realmente no son

Y entonces nos enredamos porque nos decepcionamos
fácilmente

Pensamos en nuestra mentecita que esa persona es igual

Que la imagen que hemos formado de ella cuando en
realidad

Esa persona es muy diferente de la imagen que tenemos
de ella

Y es independiente de nuestra idea, de nuestra
concepción

Y entonces nos decepcionamos y le decimos

Que feo, ¡Cómo me has decepcionado!

Cuando en realidad lo que ha pasado es que de alguna
manera

Nosotros pensábamos que esa persona se habría de
comportar de cierta manera

Y que tendría ciertas actitudes y ciertos atributos que en
realidad no tiene para nada

Sino que solo eran percepciones nuestras

Percepciones preconcebidas basadas en nuestra idea de esa persona

No de la imagen real

Entonces nuestra frustración cuando esa persona se comporta conforme sus parámetros

Y sus prioridades y su idea del éxito y del saber

No con la nuestra, es evidente.

Tal vez lo que decían los antiguos filósofos de que en realidad nosotros

No estamos capacitados para ver en realidad la realidad del mundo

Sino solamente de interpretar nuestras percepciones

De traducir a nuestro pensamiento esas imágenes reflejadas en la cueva

O de recrear en nuestra mente las percepciones limitadas de nuestros sentidos

Adornando, como dice Milosz, con nuestras fantasías, la imagen o percepción

De nuestra creación imaginaria

El Rastro de tu Sueño en Alaska

Imagen fugaz de la ilusión creada en nuestro cerebrito.

Y lo peor es que somos tan complejos que no nos conformamos con llegar nuestras necesidades básicas como los simios o los orangutanes, nuestros primos más cercanos conforme lo comprueba la ciencia.

Nuestras necesidades son más complejas, no tan fundamentales

Y eso choca irrefrenablemente con la muralla de la dura realidad

Y ahí, en ese minúsculo instante de tiempo presente, despertamos.

IV

The poet: one who constantly thinks of something else.

His absentmindedness drives his people to despair.

Maybe he does not even have any human feelings.

Czeslaw Milosz

Este otro verso también me cautivó porque tal vez es cierto,

Si todos sintiéramos de esta manera tan singular, aguda como aguja clavada en que sentimos

Nosotros

Quizás las tasas de suicidio serían más altas

Y habría cabinas de suicidios como miré en la serie animada de *Matt Groening* (Futurama)

Y entonces todo nuestro conocimiento en estas áreas

Estaría reducido a nuestro conocimiento de los sentimientos y las apreciaciones humanas

Quizá más seríamos psicólogos, psiquiatras y no
arquitectos e ingenieros

No aplicaríamos la predictibilidad de las ecuaciones
diferenciales a nuestros simplificados modelos

De la naturaleza a la realización de mejores pronósticos
del tiempo

O a la lectura de la mente

Nos embarcaríamos en la labor meticulosa de adivinar el
pensamiento

Aplicando algún algoritmo que permitiese conocer la
posición y velocidad

De cada partícula y neurona del cerebro humano

Y entonces pondríamos anuncios animados en el día a
día del presente de los hombres y mujeres

De la tierra

Seguramente sacaríamos provecho financiero de esa
nueva metodología de propaganda

Y publicidad más personalizada que el propio internet

Imagino a un publicista vendiendo propaganda 100%
personalizada

Que puede incorporarse sin problemas en las cápsulas de
vitaminas a miles de millones

De probables consumidores en el tercero, segundo o
primer mundo

Es bueno ser diferente,

Aunque todo poder conlleva una responsabilidad como
dijo el abuelo al hombre araña

Y la responsabilidad de los despiertos debe ser iluminar
con sus palabras y sus versos

En algo el oscuro transitar de los no iluminados,

De los millones de gentes que reposan el sueño de los
justos

Y contemplan desde la distancia y descargan los poemas
desde algún software *peer to peer*

(A ellos mi saludo)

Pero el equilibrio de las guerras y la muerte y las pestes y
los huracanes y los terremotos

El Rastro de tu Sueño en Alaska

No se deja olvidar y persiste

Y desde la distancia,

No nos queda más que seguir escribiendo palabras

Formando acordes con las letras y esperar que el destino
nos llegue como a todos

Mientras soñamos con sueños imposibles y peleamos
por hacer otros posibles

En otros mundos algo lejanos de los propios

Y menos corruptibles y más solidarios

Y menos solitarios.

2.

Octavio Paz

Esa mirada sumida en la nada

En la distancia

En el olvido

Las arrugas pronunciadas

Surcando la frente

Y los pelos blancos

Plateados peinados hacia atrás

La barba entrecana

Y la mano izquierda a un lado de la cara

El Rastro de tu Sueño en Alaska

Sirviendo de soporte

A la cabeza

Esas cejas no nos dicen nada

Pero el conjunto todo

Los libros que dejaste

El pensamiento

La ausencia

Y la distancia

Y por supuesto

Esa mirada

Del retrato que contaba

No pueden resumirse

En pocas líneas

La vacuidad del ser

Logoterapia

Psicoanálisis Jung Adler Freud

¿Sería eso en tu mente?

Yo

Simplemente

Quería escribirte unas palabras

No interrumpir tu sueño

Solo quedarme viendo tu retrato

Pensando en qué pensabas

Ahí en tu pensamiento.

3.

Veintiocho gramos

He leído en los últimos días

Que lo que nos diferencia

De ellos es el alma

Pero quien negará la existencia

De esos 28 gramos

Que pesa el alma

En el cuerpo con vida de un cachorro

O *happy feet*

Bailando su danza moderna

En medio de la blanca nieve

Y de la orquesta

Esta animalidad intrínseca

Envilece

Esta manera irrefutable

Triste y sola

Callada, taciturna

Con que acabamos

De a poco con el mundo

La Gaia no perdona

No sé si será el alma o el consumo

Lo que nos diferencia

El hipotálamo

El neocórtex

Esa sustancia gris

El Rastro de tu Sueño en Alaska

Que resulta ser rosácea

Mientras vivo

Y el oxígeno que me da Vida

Y que me mata

Circula por entre las sinapsis

Y crea palabras y verbos y destinos

Visualiza futuros distantes

Y comprende teorías de gemelos viajeros en el tiempo

Es el mismo cerebro que ama y odia

El que desea tener un hijo nuevo

El que desea casarse un día de estos

Y el mismo que deja encendida las luces en las noches

Y recuerda que el todo

No es más que la suma de las partes

O la suma sinérgica de las dobles hélices

Que conforman mi herencia

Quizás no es el lenguaje como dicen los

Nuevos científicos del siglo XX

Lo que nos diferencia de los simios

Quizás no es más que el fuego

O el abrazo

O el sueño o la poesía

O la memoria RAM o la Estación Espacial

O son los genes

"en cierta manera el hombre no deja de ser animal"

Dice Viktor Frankl,

Pero también el animal

Siente observa respira llora y ama

¿No es amor lo que refleja este perro?

-es dependencia, me corrige un filósofo moderno-

No sé, quizás tenga razón

¿Cómo negar la existencia del espacio

El Rastro de tu Sueño en Alaska

Que nos alumbra con su luna y sus estrellas?

¿Cómo negar el alma en el Lucking

La Pantera o Tinkerbell?

(Porque el tamaño o la especie o la condición social

No excluye a ninguno de la norma)

Pienso en Cristóbal Colón

Preguntándose si los indios tenían alma

Bobadilla con su cruz

Exorcizando demonios

Y el planeta muriendo

Y yo aquí preocupado porque ella

Se va a casar con otro nombre

Diferente del mío

Y los bosques cayendo lentamente

Con los vientos y lluvias violentas del Huracán Félix

Mientras los inversionistas

Calculan rentabilidades del árbol caído

Y la temperatura sigue subiendo

Y el precio del petróleo alcanza otro récord

No sé en qué diablos pensaba mientras

Me ocupaba de temas minúsculos

Relativos a esta minúscula

Experiencia humana

Esta experiencia humana de nosotros

Seres espirituales

Que escupimos el agua que hemos de beber

Y pateamos al perro que nos lame

Las botas

Si la cosa fuese fácil

Seguramente todos seríamos

Medios distinguidos

De la voluntad de Dios en la tierra

El Rastro de tu Sueño en Alaska

Y no limitados inciensos

Vasijas vacías o llenas de la nada

Lámparas sin aceite

Músicos desafinados de la orquesta

Animales con alma

Y sin alma

Que pretendemos

La Vida y el futuro

Inexplicables bombas de tiempo

Del mal carácter el odio y la censura

"bípedo implume"

(Gallo desplumado con la espuela de dos rayas)

Consultor sin consulta

Sabio o idiota latinoamericano

Consumidor empedernido

Escritor censurado

Pablo A Cruz

Doctor mal pagado

Profesor sin libros ni cuadernos

O internet

Perro ballena delfín mono *homus sapiens sapiens*

Mejor no saber nada

Pues todo es vanidad

Y no perderemos algo de nuestra innata alegría

Como dijo Erasmo

Porque la Libertad

Ese fantasma cegua aparecida en Popoyuapa

Ese pequeño personaje de Quino

Esas tesis pegadas en la puerta por el Lutero de Eisleben

Esa página en blanco que amenaza a mi mente

La risa de los niños

Correteando en la calle del frente

La misma que me alumbra

El Rastro de tu Sueño en Alaska

Que llora y que respira

En cada elemento del ecosistema

La libertad es un tema

Como para un tratado

Como para un manual de esos "for dummies"

No sé cómo llegué a parar

Del día de la tierra

A discutir asuntos del libre albedrío

De Adán y Eva y frutas de higo

(Como dice la Gioconda Belli)

Tentándonos con sus frescos racimos

Mientras el mármol frío nos aguarda, como dijo el otro
Félix

Mejor llamado Rubén por todo el mundo

Es difícil pensar en el tiempo en un segundo

Ver pasar frente a mis ojos

La breve historia de mi vida

149

En un solo parpadeo

Mirar el nacimiento de la Vida según Oparin

Y el arca de Noé del Génesis

Y el Big Crunch de Hawking

En un solo segundo

Es como no sentirse libre y grande

O minúsculo y solo

Mirando el cielo nocturno de Managua.

¿Será que solo el hombre padece de psicosis?

¿Será eso lo que nos diferencia?

4.

Deseo

Quizás es lo que quieres

(Y no he comprendido del todo tu lenguaje)

Dejar por un momento

Sufrir mi pensamiento

Y este otro cerebro aquí en mi pecho

Para que el mundo entero

Disfrute atentamente

De mis fracasos

Y de mis versos

Y simplemente quieres

Compartir con el mundo

El sentimiento

De verme

Alicaído

Perdido

Sin sentido

Necesitado

Solo

Olvidado

Decepcionado

Apartado

Del mundo

Y sus rutinas

Quizás quieres que cambie

A enojado

El Rastro de tu Sueño en Alaska

Frustrado

Enfurecido

Encachimbado

Arrecho

Endiablado

Huracán

Maremoto

Violento

Tramontana

Que arrebata

De un tajo

Todo lo necesitado

Lo solo y olvidado

Lo decepcionado y apartado

Lo alicaído y perdido

Que me sentía con tu

Olvido y con tu vil desprecio

Sin los cuales hubiese sido

Imposible escribirte

Estos versos

Y olvidarme de una vez

De este carajo sentimiento

Moribundo

Que resiste

Fieramente.

5.

Misterio Natural

Dice Nietzsche que todo estaría permitido si Dios no existiese, y yo respondo que

precisamente por causa y en nombre de Dios es por lo que se ha permitido y justificado todo,

principalmente lo peor, principalmente lo más horrendo y cruel.

Saramago (El Factor Dios)

No sé si unirme a tu discurso

Mi amigo Saramago

O si permanecer

Con el discurso mío, o más bien apropiado

Herencia de mis padres, mis abuelos

Sus abuelos y los abuelos de los suyos

De creer que hay un Dios

Ecuánime y perfecto

Contemplándolo todo

Escuchando mis versos

Con gigantesca barba, cual papá Nöel de la fiesta navideña

Cuyo hijo nació en un pobre pesebre (aunque otros dicen que fue en una cueva)

Y que luego murió por mis pecados

¿Pecado?

Esa palabra pesa.

Esa palabra pesa en mi pasado.

Y es duro caminar por esta vida cargando tanto peso

Sin ser del todo y de la nada así, olvidado

El Rastro de tu Sueño en Alaska

¿Será posible huir, así como si nada, de este lerdo pasado?

Necesitamos Dios dices, amigo

Si no lo hubieses tú mismo inventado

Pues Él, no intentará de la nada ser creado

Castigo no rima para nada con pecado

Pero parece, irresoluto, estar del todo combinado

Quién pensaría, amigo, que en estos versos tristes

Podría combinar tanta locura

Creación de Hawking

Espacio de Möebius

Partitura de Strauss

Divino Génesis

Torre de Babel

Adán y Eva en el Paraíso Perdido

Inicio de la nostalgia del humano

Quiero morir pensando que Tú existes

Así me lo propuse frente al profesor de filosofía

De la facultad de ingeniería

Allá en Managua

En los corolarios no hay espacio

Para Dios

Pero si el nombre es innombrable

¿Cómo pueden estos seguidores llamarte

Con un nombre que no tienes?

A veces pienso simple

A fin de evitarme las complicaciones

Propias del tratar un tema tan obtuso

Pero no tardan en surgirme

Algunas de estas dudas

Minúsculas preguntas

Al momento deseara ser preso de Calipso

En este mi coqueteo con la locura

El Rastro de tu Sueño en Alaska

Nada me impide

Perseguir una diáspora

De tu señal

Porque ya ves,

En tu nombre ese ruso del noticiero

Mató a más de uno

Anunciando el fin del mundo

En este mes de mayo

La historia se repite

Como decían los Mayas, sabiamente.

En el fondo del cenote

Los cuerpos de las hermosas vírgenes

Lo atestiguan

Ahí eras Sol

Imprescindible, necesario para la cosecha

No apuntabas a Orión como en Egipto

Con el vértice perfecto de las pirámides inacabables

Si eres amor como dicen que dijiste aquí encarnado

Es posible que mi sueño de infancia,

Ese mi sueño, casi sagrado, sea cierto

Que el espacio que vemos

No sea más que un espectro inacabable

Al fin y al cabo, Magallanes y el Voyager

Apenas y han salido de la más próxima vecindad

¿Cómo podría afirmarse que existe un Universo más allá?

Aunque logremos avanzar más allá del tiempo y del espacio

Me niego a creer que logremos descifrar el origen de nuestra imaginación

Que es más poderosa que el lente miope del *Hubble*

O esa increíble maravilla de Paranal

Porque nadie ha fabricado todavía

Telescopios para ver los pensamientos

El Rastro de tu Sueño en Alaska

(Aunque algunos *shows* de televisión pretendan
demostrarnos lo contrario)

Seguiré gastando estos minutos

Sentado frente al teclado oscuro del ordenador

Mientras divago si Dios existe o no

Y si le es irrelevante

Si existo yo o no

Mientras los minutos siguen su curso

Y todavía no entiendo mucho alemán

Y olvido el poco francés que aprendí tan obcecadamente

Será posible eso que cuentan de la infancia de Jesús

O será sólo un invento

Inacabable como esos inventos

De los *National Enquirer*

El sol sigue su camino

Guiado por esa fuerza misteriosa de la gravedad

Y yo, aquí, preguntándome

Si existe esta fuerza interior

Esta Gaia. Este Gigante

Que me ilumina a veces

Y al que busco irremediablemente, sin éxito otras veces.

En el medio de mis noches de pesadillas

Y mis temores más profundos

La más dura expresión de la ironía,

Es creer que no hay Dios

Y verlo aparecer, subrepticiamente

Como una constante cosmológica

En medio de una ecuación diferencial de primer grado

O en el misterio del nacimiento

De la fecundación

Del brote de un tubérculo

Granito de maíz

Frijolera de Masatepe

El Rastro de tu Sueño en Alaska

Verso de Whitman

Olor a tierra mojada en la primera lluvia de mayo

Es difícil dejar de creer

Cuando se ven tus ojos

¿Será la selección natural capaz

De crear algo tan bello

Como ese par de ojos

Que adornan tu cara?

Acerca del Autor

Pablo A. Cruz estudió ingeniería civil y ha ejercido por poco más de 20 años en Nicaragua y Estados Unidos. Durante la pandemia, decidió seguir su segundo gran sueño: convertirse en escritor y publicar sus propios libros (Su otro gran sueño era trabajar como Ingeniero en Estados Unidos, que también es el título de su primer libro *"Work as an Engineer in the USA"*, publicado en inglés).

Su inquietud por las letras se remonta a su infancia en Nicaragua, donde fundó un mini "periódico" para niños cuando estaba en la escuela primaria ("El Chayul", que sigue publicando ahora como un blog).

Su primer libro en español *"De Flores y Estrellas"* publicado por La Lucha Publishing house, está disponible en Amazon y en su sitio web.

Más información para contactar al autor se encuentra en su página web:

www.ingpablocruz.com

https://blog.elchayul.com/

Otras Obras del Autor

LA LUCHA

Publishing house

Te ayudamos a diseñar tu blog o sitio web, editar tu libro, ¡formatearlo como e-book o libro impreso bajo demanda y producir el material audiovisual que necesitas y divulgarlo para el mundo entero!

Cursos online para que hagas realidad tu sueño de convertirte en un autor publicado están disponibles en el sitio web:

https://www.laluchapublishing.com/